ガンパレード・マーチ 5121小隊 決戦前夜

榊　涼介

Illustration/**Junko Kimura**

一九四五年

第二次世界大戦は意外な形で終幕を迎えた。
「黒い月」の出現。
それに続く、人類の天敵の出現である。

人類の天敵、これを幻獣という。
確固たる目的も理由もなく、ただ人を狩る、人類の天敵。
人類は、存続のために天敵と戦うことを余儀なくされた。
それから、五十年。戦いはまだ続いている。

一九九七年

幻獣と戦い続ける人類は、劣勢のあまりユーラシアから撤退するに至っていた。
幻獣軍は九州西岸から日本へ上陸。

一九九八年

人類は幻獣軍に記録的な惨敗を喫す。
事態を憂えた日本国首脳部は、一九九九年にふたつの法案を可決し、
起死回生をはからんとする。
ひとつは幻獣の本州上陸を阻止するための拠点、熊本要塞の戦力増強。
もうひとつは、十四歳から十七歳までの少年兵の強制招集であった。

そして——。
同年三月、5121小隊発足。
過酷な消耗戦が続く中、苦肉の策として新規編制された試作実験機小隊は、
三機の人型戦車・士魂号を駆って熊本各地を転戦。
死闘を繰り返した。
当初は捨て駒としか考えられていなかった小隊は、意外にも善戦、
しだいに戦線の将兵の間で語られるようになっていった。
この物語は5121小隊の少年兵の戦いの日々を伝えるものである。

CONTENTS

イラスト／きむらじゅんこ（アルファ・システム）
デザイン／渡辺宏一（2725Inc.）

第一話
鉄橋爆破

四月十六日　　　快晴

戦局の悪化に伴い、各地で幻獣共生派によるテロが頻発。深刻な被害を及ぼしつつある。

昨日、「熾天使」に関するファイルを入手。性別不詳、年齢不詳。幻獣共生派であった家族を殺されたことから共生派の活動家に転向。当局、特に芝村一族への復讐をその行動原理とする。熊本駅構内で五人の警備兵を殺害後、市内に潜伏。目的はここ数日内に行われる予定の道路破壊、橋梁破壊の阻止にあると推測される。

本日、B7鉄橋爆破の護衛任務に来須、瀬戸口の両名を派遣。「熾天使」が他の標的を狙わんことを切に願うものであるが、遭遇した場合を考えての人選である。あのふたりなら確実だ。必ずや臨機応変に事態を処理してくれるはずだ。

（善行忠孝『備忘録』より）

来須《くるす》銀河《ぎんが》は軽トラックの荷台から黙然《もくぜん》とあたりの風景《ふうけい》を眺めていた。

山々は新緑《しんりょく》に染まり、さわやかな風が頬《ほお》を撫《な》でる。晴れ渡った空をトンビが悠々《ゆうゆう》と旋回《せんかい》している。のどかな光景とは裏腹《うらはら》に、少し前から聞き慣れた音がしきりに耳を騒がしていた。装輪《そうりん》式戦車《しきせんしゃ》の一二〇㎜滑腔砲《かっこうほう》の音。二〇㎜機関砲《きかんほう》の射撃音《しゃげきおん》。敵生体《せいたい》ミサイルの発射音。爆発音。戦場に発生するすべての音が一体となって、殷々《いんいん》と空にこだましていた。

決して嫌いな音ではない。むしろ自分が本来いるべき場所へ戻ってゆくような、そんな感覚すら覚えた。

来須銀河は5121小隊《しょうたい》付きの戦車随伴歩兵《スカウト》である。イタリア出身《しゅっしん》と噂《うわさ》されるが、本当のところは誰も知らない。来須は過去を決して語らない。ひとつだけ確かなことは、彼が戦闘《せんとう》のプロで、隊員達に頼りにされる存在であることだった。

「血が騒ぐか」運転席から声がかかった。

来須が応《こた》えずにいると、声の主《ぬし》はこだわらない様子《ようす》で続けた。

「どうやら散々《さんざん》にやられているようだな。前線は五キロ先というところか」

軽トラックのハンドルを握るのは指揮車《しきしゃ》オペレータの瀬戸口隆之《せとぐちたかゆき》だった。本来はMTC520戦闘指揮車に搭乗《とうじょう》し、戦況分析《せんきょうぶんせき》、索敵《さくてき》、小隊の主力《しゅりょく》である人型戦車《ひとがたせんしゃ》・士魂号《しこんごう》への指示を行っている。

小隊一の女好きを自称《じしょう》し、軽口《かるくち》も多いが、オペレータとしての技量《ぎりょう》は相当なものだった。

瀬戸口の言葉にうなずくと、来須は前方に目を凝《こ》らした。

車道の傍《かたわ》らを銀色に光る線路が延々《えんえん》と続く。その先に遠く橋が見えてきた。切り立った断崖《だんがい》に架《か》けられた全長百メートルほどの鉄橋《てっきょう》である。

「あれだ。この分じゃ味方が渡り終えるまで相当に時間がかかるぞ」

鉄橋上は部隊であふれていた。列車の代わりに、戦車随伴歩兵をびっしりと張りつかせた戦車が一列縦隊《いちれつじゅうたい》となってゆっくりと進んでいる。

三十メートルはあるだろう橋桁《はしげた》の下では渓流《けいりゅう》が涼しげな音を響かせている。

鉄橋の向こう岸はすぐにトンネルとなっており、黒々とした穴から、切れ目なく部隊が吐《は》き出されていた。

こちら側の岸には山を切り崩《くず》して造られた五十メートル四方ほどのさら地が広がり、そこも兵でごったがえしていた。唯《ただ》ひとつある建物は補修要員《ほしゅうよういん》のための宿舎《しゅくしゃ》を兼《か》ねた管理棟《かんりとう》だろう。

「それにしても、おまえさんとふたりきりってのもぞっとしないね。速水《はやみ》あたりだったら野郎《やろう》でも許せるんだがな」

「黙って運転しろ」

来須は口許《くちもと》をわずかにゆるめた。苦笑《くしょう》のつもりだ。瀬戸口は、普段《ふだん》から軽薄《けいはく》な女好きを巧妙《こうみょう》に演じているが、その実、底の知れないところがある、と来須は感じていた。もっとも来須にはこの男がなにものであるかなど、どうでもよいことだった。ともに戦っている限りは信じるに値《あたい》する仲間と考えていた。

「黙っていることは苦手《にがて》でね。ついでに言えば、俺はおまえさんが苦手だよ。どうして善行《ぜんぎょう》司令《しれい》は、俺とおまえさんを組ませたりしたんだろう？」

こちらも同じだ。来須は答えずに、鼻で笑うにとどめた。


ふたりが小隊長室に呼ばれて善行忠孝《ただたか》司令から言い渡された命令は、コード名B7と呼ばれる鉄橋に赴《おもむ》き、鉄橋爆破《ばくは》の作業に関《かか》わる工兵隊《こうへいたい》の護衛《ごえい》をせよというものだった。

黙ってうなずく来須とは対照的《たいしょうてき》に、瀬戸口はかまをかけるように善行に言った。

——爆破とは穏やかじゃない。どうやら上は腹をくくったみたいですね——

善行の顔が曇《くも》った。ためらったあげく、敗色濃厚《はいしょくのうこう》な戦局《せんきょく》をいっきに打開《だかい》すべく、九州総軍《きゅうしゅうそうぐん》は熊本《くまもと》市内に敵を引きこんでの殲滅《せんめつ》戦を計画している、と善行は洩《も》らした。

作戦に先立って、市内への敵の進撃路を限定すべく、各所で橋、道路の破壊が行われることになっている。

5121小隊も工兵隊の護衛を受け持つことになったが、ここしばらくの激戦続きで士魂号は修理《しゅうり》のために出撃《しゅつげき》が大幅《おおはば》に遅れる。そこで君達には先発隊《せんぱつたい》として当該《とうがい》目的地に赴いてもらいたい——と善行は説明した。

とはいえ瀬戸口はいっこうに納得した様子がない。

「戦車随伴歩兵のおまえさんならともかく、俺は畑違《はたけちが》いじゃないかな。だいたいドンパチやるのが嫌いだからオペレータになったわけだし」

「……善行は狸《たぬき》だ。きっと裏がある」

「ははは。言うじゃないか。まあ確かに計算高い人ではあるがね」

進むうちに兵とすれ違うことが多くなった。どの顔も疲れきって、うつむき加減《かげん》に足を運んでいる。と、瀬戸口が能天気《のうてんき》な声をあげた。

「前方《ぜんぽう》に美女発見！　これより停止する」

来須が咎《とが》めるまもなく、瀬戸口は二台の装輪式戦車の横に車を停《と》めた。

「ご苦労様です、紅陵女子《こうりょうじょし》の皆《みな》さん。こんなところで会うとはね」

隊長らしき少女がまばたきして瀬戸口を見た。来須は横を向いて知らぬ顔をした。

「あ、5121小隊の……」

以前、作戦をともにしたことがある女子校の戦車兵達だった。

「瀬戸口さんでしょ」

「俺の名前知ってるの？」

瀬戸口は軽薄に言った。とたんに戦車兵の間から笑い声が起こった。

「お耳の恋人。5121小隊のプリンス。有名よ」

「光栄《こうえい》だね。仕事が終わったらぜひ食事にお誘いしたいな」

「ここにいる全員を？　期待しないで待ってるわ」

瀬戸口はにこやかに手を振って、遠ざかる戦車兵達を見送った。

「無駄口《むだぐち》をたたく」言葉とは裏腹《うらはら》に来須の声は穏やかだった。

「彼女達、相当ひどい目に遭《あ》っている。悲しく、辛《つら》い目にな。俺はそういう人達と無駄口をたたくのが好きなのさ」

「……なるほど」

「ま、これが俺の性《さが》ってやつさ。遅ればせながらの自己《じこ》紹介《しょうかい》と思ってくれ」


管理棟の前に軽トラを停め、来須は荷台から降り、あたりを見まわした。

さら地にひしめく荷台から降りた兵の列は鉄橋を越え、向こう岸のトンネルまで延々《えんえん》と続いていた。両側の決して広からぬ空き地には、資材《しざい》が散乱《さんらん》し、肩章《かたしょう》をつけた交通誘導《ゆうどう》小隊の兵が大わらわで走りまわっていた。

彼らは移動中の軍の交通整理やトラブルの処理《しょり》を専《もっぱ》らにする部隊である。

その忙《いそが》しさは味方の退却時《たいきゃくじ》にはピークに達する。列から離れて小休止《しょうきゅうし》しようとする部隊を拡声器《かくせいき》を手に制止している者がいるかと思えば、走行中の戦車と併走《へいそう》しながら、あわただしく伝達事項《でんたつじこう》を読みあげている者もいる。故障《こしょう》した車両を汗だくになってわきへ退《ど》けている者達、兵同士の喧嘩《けんか》を仲裁《ちゅうさい》している者さえいた。

どこもかしこも兵でごったがえすなか、来須の姿はひときわ目立った。

戦車随伴歩兵用のウォードレス・互尊《ごそん》に身を固め、最新式のレーザーライフルを手にしている。元々の巨体に加え、狙撃兵仕様《そげきへいしよう》として装甲を追加されたドレスが来須の外見をいっそう迫力あるものにしていた。

来須はなまじの兵とは異《こと》なる雰囲気《ふんいき》を身にまとっていた。その周辺だけ温度が低くなるような、戦闘機械を連想させるような非人間的な手強《てごわ》さ、危険さを感じさせる。まるで戦意高揚映画《プロパガンダ》から抜け出してきたような来須を、兵達は足を止めてこわごわと見た。

「注目されているぞ、色男は辛いね」

瀬戸口が隣《となり》に立った。こちらはすっきりした戦車兵用の互尊を着こんでいる。

「5121小隊の方ですか？」

声がかかった。ふたりが振り返ると、交通誘導小隊の学兵《がくへい》が内気《うちき》そうに目をしばたたいた。

ふたりがうなずくと、学兵は素人《しろうと》っぽい口調《くちょう》で言った。

「ええ……と、事情は善行千翼長《せんよくちょう》からうかがっております。しかし、残念なことに手違いがあったらしく、工兵隊は他の戦域《せんいき》へ移ってしまいました」

「手違いねえ」瀬戸口は皮肉《ひにく》に笑った。しょっぱなからこれだ。

「橋はどうなる？」

「爆薬は仕掛けてある。あとは適当にやれ、と工兵隊から言付《ことづ》かっています」

「ふっ」

来須の口がほころんだ。苦笑だ。しかし学兵はそうは受け取らなかったらしく、あわてて言い足《た》した。

「怒ってもしょうがないですよ。工兵隊はここしばらく殺人的な忙しさで」

「……怒ってなどいない。起爆装置《きばくそうち》は誰が管理している？」

「鉄道警備《けいび》小隊が引き継《つ》いでいると思うのですが。あそこのテントに。あれ？」

学兵は線路わきのテントに歩《あゆ》み寄った。どこかの学校から徴発《ちょうはつ》してきたような机と椅子《いす》が数脚《すうきゃく》置かれているだけで、中はがらんとして静まり返っている。

「ついさっきまでいたのですが」

学兵は申し訳なさそうに謝った。来須と瀬戸口がテント内を見渡すと隅《すみ》に旧式《きゅうしき》の起爆装置が転がっていた。有線《ゆうせん》式で、爆薬《ばくやく》から伸びるコードを挿《さ》しこんで使う。が、肝心《かんじん》のコードはどこにも見当たらない。

コードはどこにある？　ふたりが探していると、テントの外に人影《ひとかげ》が立った。

「なにをしている？」

向き直ると鉄道警備小隊の将校《しょうこう》が値踏《ねぶ》みするようにふたりを見た。階級章《かいきゅうしょう》を見ると百翼長《ひゃくよくちょう》であることがわかる。傍らにはアサルトライフルを携《たずさ》えた十翼長《じゅうよくちょう》が控《ひか》えている。

「大した歓迎ぶりですね。俺達は工兵隊の助っ人《すけっと》ですよ」

瀬戸口が笑いかけると、百翼長は神経質そうに眼鏡《めがね》に手をやった。

「その隊章は5121小隊だな」

「それがなにか……?」

「ふん、盗人《ぬすっと》の集団を歓迎《かんげい》するお人よしはいないさ」

百翼長は嘲《あざけ》るように言った。

鉄道警備小隊にとって5121小隊は憎《にく》んでもあまりある存在だった。熊本駅周辺の物資《ぶっし》集積所《しゅうせきじょ》に忍びこんでは装備、補給《ほきゅう》物資をかっさらってゆく。どうやら警備隊の中に手引きする者がいるらしいことも、彼らの癪《しゃく》のタネとなっていた。

瀬戸口は百翼長の言葉を聞き流した。小隊の整備兵が盗みを働いていることは知っていた。しかし同時に、まともに手続きを踏んでいては、故障《こしょう》が多く、大量の部材を必要とする人型戦車・士魂号がフルに稼働《かどう》しないことも知っていた。整備兵は好きこのんで盗みを行っているわけではなかった。

「というわけで、無駄足だったな。この任務は我々《われわれ》が引き継いだ。起爆装置を置いて帰れ」

「嫌《いや》だね」

「なんだって?」

「嫌だ、と言ったんだよ」

瀬戸口は目を光らせ、百翼長に笑いかけた。人が変わったような凄《すご》みのある笑いだった。

「なんだ、その目は。俺は上官《じょうかん》だぞ！」

「セリフがいちいちくさいんだよ。上官風吹かすってやつ？　けっこう。遠慮《えんりょ》はいらないから
もっと威張《いば》り散らしてみろよ」

瀬戸口が前に進むと百翼長は狼狽《ろうばい》してあとずさった。

来須の手が瀬戸口の肩に置かれた。瀬戸口は肩をすくめると、来須に出番を譲《ゆず》った。

来須は静かに尋《たず》ねた。

「セットアップはどうした？」

起爆装置を示すと、百翼長は口をゆがめた。

「引き継ぎを受けたのは我《わ》が隊だ。おまえ達の知ったことじゃない。装置をよこせ」

「……」

来須が百翼長の言葉を無視すると、気まずい空気に閉口《へいこう》した交通誘導小隊の学兵は「それじゃ、わたしはこれで」とそそくさと立ち去った。

「質問に答えてもらっていない」

しばらくして、来須は再び言った。爆破任務を引き継いだというのなら、それなりの準備は終えていなければならない。しかし起爆装置は、保管されていたというより、放置されていたというに近かった。

「どうも納得がゆきませんね。なにかまずいことでも？　ああ、爆薬を横流ししたとか？　あ

なたもワルですねえ」

瀬戸口が挑発《ちようはつ》するように言うと、百翼長の顔が怒りに紅潮《こうちよう》した。

「言葉に気をつけろ！」

「だったら説明してくださいよ。セットアップは？　俺達を追い返そうとしたわけは？」

沈黙《ちんもく》があった。百翼長の額《ひたい》から汗がしたたり落ちた。

「三村《みむら》さん、やっぱりまずいですよ」

傍らの十翼長がたまりかねて口を開いた。

三村、と呼ばれた百翼長は押し被《かぶ》せるように十翼長を怒鳴《どな》りつけた。

「おまえは黙っていろ！　こんな馬鹿げた命令を遂行《すいこう》する必要はないっ！」

「しかし……」

来須と瀬戸口は顔を見合わせ、黙ってふたりの横をすり抜けた。十翼長がライフルを構えたが、来須が一瞥《いちべつ》するとしぶしぶと銃身《じゆうしん》を下げた。

「待て、待てよ！」三村はふたりに追いすがった。

「まさか本気で爆破するわけじゃないだろう？」

「本気も本気。どーんと派手《はで》にやってやるさ」

「命令だ」

「馬鹿な！　あの橋はな、橋梁《きようりよう》技術の粋《すい》を集めて造られた鉄橋だ。破壊すれば再び造るのに十年、いや二十年はかかる。今の政府には予算も理解もないからな」

「なにを……言っているんだ？」

瀬戸口が茫然《ぼうぜん》とすると、三村は苛立《いらだ》たしげに言い募《つの》った。

「あんな美しい橋を戦争ごときで壊してたまるか」

来須と瀬戸口は唖然《あぜん》として肩越しに三村を見つめた。

三村の顔が赤くなった。

「専門家が見れば、橋の美しさがわかる。爆破など、とんでもない！　疫病神《やくびょうがみ》め。さあ、とっとと装置を返せよ！」

三村が拳銃《けんじゅう》に手をかけると、来須の全身から濃厚《のうこう》な殺気がただよった。三村は気圧《けお》されてあとずさった。

「邪魔《じゃま》をするな」背を向けたまま来須は言った。

話をしても無駄だ。放っておこう。三村を無視して来須と瀬戸口はその場を去った。

「どうやら一筋縄《ひとすじなわ》じゃいかないようだな」

瀬戸口の言葉に来須はうなずいた。

工兵隊にあっさりフラれたかと思えば、今度は頭の不自由な百翼長に追い返されようとした。

「俺の勘《かん》なんだが、まだまだ奥があるような気がする。善行司令は、まさかあの鉄道狂《マニア》を止めるために俺達をよこしたわけじゃないだろう。あの百翼長は単なる道化《どうけ》さ」

「ああ」

「別行動を取ろう。来須、おまえさんは起爆装置を守って、セットアップを終えてくれ。俺はあたりを探ってみるよ」

異存《いぞん》はなかった。瀬戸口が兵の波の中に消えると、来須は起爆装置を抱《かか》え、歩き出した。退却の混乱はなお続いている。

交通誘導小隊の兵が拡声器を手にしきりにがなりたてている。

「これより独立混成《どくりつこんせい》小隊を編制《へんせい》します。原隊《げんたい》とはぐれた者、隊を失った者は申し出てください！　あっ、そこの君」腕を摑《つか》んだ者を来須は無表情に見つめた。「す、すみません」兵は腕を離すと恐縮《きょうしゅく》して謝った。

「ねえ、そこの人」

再び声がかかった。来須が顔を上げると、鉄橋を見下ろす斜面《しゃめん》上に造られた高射《こうしゃ》機関砲陣地からほっそりとしたウォードレス・久遠《くおん》に身を包んだ女性の戦車随伴歩兵が手を振っていた。

「ぼんやりしてるとさらわれちゃうよ。こっちへ来ない？」

「……」

来須が陣地に上がると、戦車随伴歩兵は愛想《あいそ》よく笑いかけてきた。歩兵《ほへい》にしては陽《ひ》に焼けていず、色白だ。新米《しんまい》か、さもなければ屋内で勤務する職種か？　顔立ちは整っているが、アンバランスな印象を受ける。瞳《ひとみ》の色は淡《あわ》く澄んだ鳶《とび》色だ。穏やかなまなざしだが、口許はどことなく皮肉な笑みをたたえていた。

歳《とし》はわからないが、小隊の連中《れんちゅう》と似たり寄ったりだろう。

「なんだか浮いているね。どこの隊の人？」

「5121独立駆逐《くちく》戦車小隊」

「全滅《ぜんめつ》したの？」

「……」来須は無表情に相手を見つめた。

「ごめん。ひとりで歩いているからもしかしてと思って」

「そうか」

相手をしている暇《ひま》はない。来須がきびすを返すと、女はあわてて言い足《た》した。

「待ってよ。それ、起爆装置でしょ。役に立てると思うよ。これ」

女の指が機関砲の銃身を弾《はじ》いた。来須が目をやると、なんと銃身にコードが無造作《むぞうさ》に巻きつけられていた。放置されていた起爆装置といい、工兵隊の仕事にしてはあきれるほどの無責任さだ。コードは斜面沿いに伸ばされ、転落防止の柵《さく》を越え、橋桁へと消えている。

来須はコードをあらためると、起爆装置に接続《せつぞく》した。装置の液晶《えきしょう》画面《がめん》に「SET UP OK! SAFETY LOCK ON」とメッセージが表示《ひょうじ》された。これでとりあえずの問題は解決した。

あとは味方が橋を渡りきったら、ロックを解除《かいじょ》し、橋を爆破すればよい。

鉄橋を見据《みす》え、装置を守るように抱えこんでいる来須に、女は話しかけてきた。

「ひとりなの？」

「今はな」

「ふうん。わたしはひとり。隊が全滅しちゃって。これからどうしようか考えているところ。あ、わたし木下《きのした》。よろしくね」

「来須だ。下で隊員を募集しているぞ」

隊が全滅したという相手の話には触れなかった。こうした時、来須は語る言葉を持てない。自分は瀬戸口とは違う。

「だめだめ。あんなのについていったら真っ先に戦死するよ。弾避《たまよ》け代わりに人数を掻《か》き集めようってだけだもの」

「詳しいな」

「これでも修羅場《しゅらば》を潜《くぐ》ってきたから。わたしの経験から言うと、だいたい独立何々ってついてる部隊は危ないの」

来須は、ふっと笑った。確かに。5121小隊も生き餌《いえ》のようなものだ。ただ――来須は人型戦車のパイロット達の顔を思い浮かべた。生き餌は生死の境《さかい》をくぐり抜けるうちに、より強く、より狡猾《こうかつ》になり、逆に敵を食うことになった。

「あ、ごめん。あなたも独立なんとかだよね」

「……ここは危険だ。撤収《てっしゅう》する部隊に紛《まぎ》れこんで拾ってもらえ」

来須は横目で木下を見た。

「それも面倒《めんどう》なんだよね。新しい隊に馴染《なじ》むのってけっこう大変なんだよ。わかる？」

木下は淡々《たんたん》と言った。

仲間を失ったというのに、怯《おび》える様子もなく、悲しんでいる風にも見えない。馴染む馴染まないだの、のんびりしたことを言っている。ショックで感情が麻痺《まひ》しているのか？

「変なやつ、と思ったでしょ、今」

木下は来須の顔をのぞきこんだ。来須がかぶりを振ると、木下は微笑《ほほえ》んだ。

「あなたも変わった感じだものね。お互《たが》い様か」

「こわくはないのか？」来須は唐突《とうとつ》に尋ねた。

「こわい……？」

木下は胸もとからあるものを取り出すと、それに見入った。十字架《じゅうじか》のかたちをしている。真《しん》鍮製《ちゅうせい》の、そこいらの露店《ろてん》で売っているような安物のペンダントである。

「なにを？　死ぬこと？　生きること？　幻獣《げんじゅう》？　それとももっと他のなにかかな？」

「すべてだ」

「嫌なものを見たらどうすればいいか知っている」

「……」

「心に鍵《かぎ》をかければいいの。その中に嫌なものを全部放りこんでしまえばいい。はじめは大変だったけど、少しずつ上手《じょうず》になってきた」

「……何度、隊を替わった?」

「三度」

「……」来須は目を見開いて木下を見つめた。

三村は機関砲陣地《じんち》に腰を据えた来須を忌々《いまいま》しげに見上げた。

「野蛮人《やばんじん》め」

元々暴力は嫌いだった。戦争など馬鹿げていると思っていた。破壊に次《つ》ぐ破壊。理不尽《りふじん》な命令と蛮行《ばんこう》が幅をきかせ、まともな人間には到底《とうてい》耐えられない。嫌な時代だ。

「幻獣共生派《きようせいは》の言うこともわかる」

三村はぼそりと言った。傍らにつき従う十翼長が、あたりを見回した。

「危ないことを言わないでくださいよ」

「だってそうじゃないか。幻獣の支配下では自然が回復し、地球は本来の姿を取り戻しつつある。敵意さえ持たなければ、幻獣は攻めてこないと共生派は言っている。戦争もなくなると」

熱に浮かされたようにつぶやく三村を、十翼長は痛ましげに見た。

ここ一週間で多くの橋が破壊された。

三村は鉄道警備小隊の前身《ぜんしん》である鉄道学校《てつどうがっこう》でも一、二を争う秀才だった。ゆくゆくは大学へ行き、鉄橋の設計を学びたいと常々《つねづね》洩らしていた。

しかし相次《あいつ》ぐ鉄橋の破壊で三村は参《まい》っているようだった。

「隊の連中が待っています。ここはあいつらに任せて撤収しましょう」

「……あの橋は俺の知る限り、九州じゃベスト3に入る。トラス橋といってな、鉄骨《てっこつ》を三角形に組み合わせて列車の重みに耐える構造だ。特にあの橋はビル建設に使われるほどの大きさの鉄骨をきめ細かく組み合わせ、荷重《かじゅう》に耐えるよう計算されている」

「はあ……」

三村は十翼長の言葉を無視して、唐突に言った。

「幾何学《きかがく》的な模様《もよう》が美しいじゃないか。単なる飾りじゃない。力学《りきがく》的に計算された結果、生み出されたかたちなんだ」

「三村さん、戻りましょうよ」

「あいつらは橋を壊す。止めないと」

「戦争が終わったらまた造ればいいですよ。三村さんならきっとできます」

三村は十翼長をにらみつけた。

「適当なことを言うな。これ以上、橋を壊されてたまるか」

「……三村さん」

「橋は守るぞ。おまえは行っていい」

三村は十翼長に背を向けてふらふらと歩き出した。

管理棟の一室で、瀬戸口は誘導小隊の端末《たんまつ》の前に座っていた。側《そば》では女性の事務官《じむかん》が迷惑そうに瀬戸口をにらんでいる。

「はじめから訳ありの任務だと言ってくれればよかったんです」

瀬戸口が責めるとモニタ上の善行は苦笑を浮かべて眼鏡に手をやった。

「確信がなかったのですよ。幻獣共生派の動向《どうこう》を個人的なつてで耳に挟《はさ》んだ程度でしたからね。君は熾天使《サラフィム》という名に聞き覚えがありませんか？」

「天使がどうかしましたか？」

「……幻獣共生派の活動家ですよ。危険な人物です。正体は不明。当局の手を巧《たく》みに逃《のが》れて、各地を転々としています。芝村《しばむら》の一族が何人か殺されていましてね」

「それはお気の毒」

「熊本に来ているらしいのですよ。駅構内で鉄道警備小隊の兵数人が殺されていました。現場《げんじょう》に残された遺留品《いりゅうひん》から、市内の共生派が熾天使を呼び寄せた可能性があるとのことです」

「それで鉄橋ですか」

「彼らの目的はひとつしかない。橋の爆破を阻止《そし》することです。工兵隊への移動命令は偽造《ぎぞう》されたものでした」

「鉄道警備小隊の三村とかいう百翼長に妨害《ぼうがい》されましたが」

「調べてみましょう」

「市内での共生派の動きは？」

「大規模《だいきぼ》な手入れが行われたそうですが、空振《からぶ》りに終わったようです。あなた達には引き続き橋の監視《かんし》をお願いします。じきに応援がそちらに着くでしょう」

「嫌な予感がするなあ。こういう仕事はプロに任せましょうよ」

「わたしはあなた達を信頼しています」善行は眼鏡を光らせ、しゃらっと言った。

「……狸」瀬戸口が吐き捨てると、善行は澄ました顔で応えた。

「どうせなら狐《きつね》と。何度も言うようですが、わたしはあなた達を信頼しています」

　モニタから善行の顔が消えた。

　瀬戸口はため息をつくと端末の前を離れた。

「困ります！　ああ、もうこんなに通達《つうたつ》が溜《た》まっている。忙しいんですから！」

　事務官はあわてて端末にかじりついた。

「ごめんごめん。仕事が終わったらさ、きっと食事に誘うから。フレンチがいい？　それともイタリアン？　ああ、寿司《すし》なんて手もあるな」

「期待しないで待ってるわ」

事務官は画面に目を走らせながらぼそりと言った。

「……三度か」

来須は鉄橋に視線を注《そそ》いだまま短く言った。橋の上では一台のトラックが故障して立ち往《おう》生《じょう》していた。風に乗って怒声《どせい》が聞こえてくる。やがて先行する車両にワイヤーで引っ張られ、兵達は蟻《あり》のように群《むら》がって、トラックを押しはじめた。

「わたしひとり生き残った。そういうことよ」

耳元で木下の声がした。いつのまにか木下は来須の側に寄ってきていた。ふたりには広過ぎる陣地である。来須は身じろぎして距離を取った。

「少し打ち明け話しちゃっていいかな？　ここ二、三日、人と話していないから」

「……ああ」

「昔からわたしと関わった人は死ぬの。家族も友達もみんな死んで、わたしひとりが取り残されてきた。どう、打ち明け話っぽくなってきたでしょ？」

「……」来須は黙って続きをうながした。

「取り残されるのは嫌だ。ひとりになるのは嫌だ。ずっとそう思ってきた。だから仲間を守るためにわたしは戦うことにしたの。仲間を救うことができれば、わたしはひとりじゃなくなる。これ、なんのお守りかわかる？」

木下は十字架のペンダントを指にかけると、来須の目の前で揺らした。来須がかぶりを振ると、木下は苦笑いした。

「来須さん相手におしゃべりはできないな」

「……話の続きを」

「仲間の無事を祈る――。そんな願いをかけたお守りなの。けれど、このお守り、なんの効《き》き目もなかった。仲間は虫けらのように殺されたわ。わたしは仲間を守りきれなかったし、お守りは効かなかった。そういうこと」

木下の声が心なしか沈んだ。

「……なるほど」

来須の声がやさしげな響きを帯《お》びた。木下の淡々とした言葉の裏に、孤独《こどく》と、死んでいった者達への哀惜《あいせき》を感じた。

この女は自分を責めている。淡々とした態度はそれを隠すためなのだろう。

下で歓声《かんせい》が起こった。見ると、トラックは無事橋を渡りきり、線路わきへと運びこまれた。作業に加わった学兵達が思い思いのポーズを取って、デジカメを構えた兵に写真を撮《と》ってもらっていた。

「けど、捨てられないのよね。捨てたら、わたしの想いまで捨てることになるから」

木下はそう言うと、ペンダントを首にかけ、照れくさげに来須に笑いかけた。

「自分を責めるな」

「え……？」木下は怪訝《けげん》な表情で来須を見つめた。

「死んだ者達は喜んでいる。たとえひとりでも生き残った者がいることを」

「そうかな」

「そういうものだ」

「わかったような口をきいて」

不意に木下の声音《こわね》が変わった。別人のようにしわがれた嘲るような声の響きに来須は思わず木下の顔を見た。木下は鋭いまなざしで来須を見返した。口許には冷たい笑みを浮かべている。

「あなたはおめでたい人ね。わたし……」

木下がなおも言葉を続けようとした時、絶叫《ぜっきょう》が聞こえた。

「敵襲《てきしゅう》っ！」

二〇㎜機関砲弾が、さら地に突き刺さり土埃《つちぼこり》を上げた。雲の切れ目から一体のきたかゼゾンビが、耳障《みみざわ》りなローター音をあげて降下《こうか》してくる。

燃料タンクに銃《じゅう》弾《だん》を受けたか、故障したトラックが爆発し、炎上《えんじょう》した。記念写真を撮っていた兵が爆発に巻きこまれ、吹き飛ばされた。

車両の列が止まり、兵達はわずかな遮蔽物《しゃへいぶつ》を求めて逃げ散った。

来須は高射機関砲の引き金《トリガー》に指をかけ、飛来《ひらい》する敵を待ち構えた。いったん雲間《くもま》へ隠れた敵は、再び降下し、地上を掃射《そうしゃ》した。来須の無機質《むきしつ》な目が敵をとらえた。ためらわず引き金を引くと機関砲弾は狙《ねら》い過《あやま》たずきたかぜゾンビの腹に吸いこまれた。

閃光《せんこう》。きたかぜゾンビは空中で爆発した。

「逃げろ」

「あなたは……？」

「ここは俺ひとりで十分だ」

それ以上、なにも言わず、来須は鉄橋に視線を移した。後続の部隊はない。

今、鉄橋上にいる部隊が最後尾《さいこうび》か。来須は空《あ》いた手で起爆装置に触れた。

「あれ？　あの人達」

木下が差す方向を見ると、ふたりの兵が柵際《ぎわ》に走り寄るところだった。三村とその部下だ。

三村は手斧《ちょうな》を握って、起爆コードの前にかがみこんだ。十翼長は、アサルトライフルを手にあたりを警戒《けいかい》している。

「動くな」

来須はレーザーライフルを構えると、陣地上から呼びかけた。

三村は弾《はじ》かれたように飛び上がった。

「そこから離れろ」来須は低いが良く通る声で言った。

「俺を撃つのか？」

三村の顔に嘲るような笑みが浮かんだ。これみよがしに両手を広げて、陣地上の来須を見上げた。あたりは負傷《ふしょう》した兵を収容《しゅうよう》する者、足を速めて移動を続ける者で混乱を極《きわ》め、ふたりのやりとりに目を留める者はいない。

「橋は守るぞ」

と三村は言った。

「離れろ」

来須はとりあわず、ライフルを構えたまま再びうながした。三村は薄笑《うすわら》いを浮かべ、ゆっくりと首を横に振った。

「下に降りてやつらを追い払う。おまえはライフルで牽制《けんせい》してくれ」

来須が言うと、木下は微かにうなずいた。

「三村さん、こんなことは止《や》めましょうよ」

十翼長は困惑《こんわく》した口調で言った。

「手斧を渡してください。俺はあなたを反逆者にしたくありません」

三村は憤然《ふんぜん》として十翼長をにらみつけた。十翼長はためらいがちに、銃口《じゅうこう》を三村に向けた。

「おまえ……！」

「三村さんが悪いんですよ。今なら間に合います。俺はなにも聞かなかったし、なにもなかった。隊へ戻りましょう」

　三村は、ふっと口をゆがめた。悪意に満ちた目で十翼長を見つめた。

「そうか、そういうことだったのか。見事に騙《だま》されたよ」

「……？」

「おまえ、当局のスパイなんだろ？　ずっと俺のことを監視《かんし》していたわけだ。驚いたよ。まさか鉄道警備小隊にまでスパイが入りこんでいるなんて」

　三村の予想外の言葉に、十翼長は唖然として銃身を下げた。スパイとはなんだ？　その様子を見て三村はなお勝ち誇ったように言い募《つの》った。

「隊へ戻ろうなんておためごかしを言うな！　俺は幻獣共生派として告発《こくはつ》され、抹殺《まっさつ》されることになるわけだ。そしておまえは報奨金《ほうしょうきん》を手にする」

「しっかりしてくださいよ！」

「わかっている。それにしてもおまえに陥《おとしい》れられるとはな。どんくさい馬鹿だと思っていたが、足下《あしもと》をすくわれたな。言っておくが、俺は幻獣共生派じゃないぞ」

「そんなことは……」

　困惑《こんわく》する十翼長の耳に、ぞっとするような笑い声が聞こえた。三村はなにがおかしいのか、くっくっくと笑い続けた。

「こうなった以上、元には戻れんな。幻獣がこの忌《い》まわしい世界を浄化《じょうか》してくれるなら、そちらの方に賭《か》けてみるよ」

三村の血走った視線に圧《お》されて、十翼長は一瞬下を向いた。

銃声がして、十翼長はライフルを取り落とし、腹を抱えてその場にうずくまった。三村の手には拳銃が握られていた。

「三村さん、どうして……」

苦悶《くもん》の表情を浮かべる相手に、三村は二発、三発と銃弾をたたきこんだ。そして手斧を振り上げると、いっきに振り下ろし、コードを切断した。

銃弾が三村の肩をかすめた。木下だった。三村は手斧を捨てると、兵の列に紛《まぎ》れ、鉄橋の方角に走り去った。

「ごめん。はずした」

来須は気にするなと手を上げ、十翼長の傷をあらためた。至近距離《しきんきょり》から撃たれたため銃弾がウォードレスを貫《つらぬ》いているが、まだ息はある。来須は十翼長を抱き上げると、負傷兵を満載《まんさい》したトラックに乗せた。トラックはゆっくりと遠ざかっていった。

わずか一体の敵のために、味方は大損害を受け、混乱はいっそう深まっていた。

数台のトラックが炎上し、あたりには二、三十は下らないだろう兵の死体が放置されている。再び移動をはじめた兵は不安げに空を見上げていた。

三村を追う必要はなかった。爆破の方法は他にもあった。確実性には欠けるが、直接爆薬を狙撃すればよかった。

来須はレーザーライフルの照準を橋桁の方角に定めた。

「きゃっ」

不意に来須の胸になにかがぶつかってきた。視線を向けると、足下にふっくらとした丸顔の女性がうずくまっていた。百翼長だ。地面に散乱《さんらん》した書類をあわてて回収《かいしゅう》している。

「すまん」

来須は巨体をかがめると女性に謝った。将校《しょうこう》なのに誰も手伝おうとする者はいない。来須は黙って書類を拾い集めた。

「あ、すみません」

百翼長は恐縮《きょうしゅく》して、来須に頭を下げた。

「部下とはぐれたのか？」

「ええ。はぐれたっていっても、生き残ったのはわたしともうひとりだけなんですけど。橋を渡る途中《とちゅう》で、見失ってしまって……」

話すうちに百翼長は心細げな表情になった。

「……元気を出せ」

「ごめんなさい、変な話をして。わたし、臆病だから、こわくてこわくて……」

百翼長の表情が崩れた。

来須が言葉を探していると、拡声器の声が響き渡った。

「翠嵐家《すいらんか》政短大付属《せいたんだいふぞく》3B小隊の島村《しまむら》百翼長、司令部より通達です。至急《しきゅう》、管理棟2階までお越しください。島村百翼長、至急、管理棟2階までお越しください」

「あ、わたしです。それでは……」

百翼長は敬礼《けいれい》をすると、あわただしく管理棟へと走り去った。

来須はかぶりを振って、機関砲陣地に目を向けた。

木下の姿は消えていた。撤収したのか？　来須はしばらく陣地を見上げていたが、やがて自《みず》らを納得させるようにうなずいた。


「静かになったね」

速水厚志《あつし》は後部座席に呼びかけた。

ヘッドセットを通じて速水の網膜《もうまく》には撤収する戦車、兵の姿が投影《とうえい》されていた。人型戦車はその数の少なさもあって将兵達の好奇《こうき》の目にさらされるのが常《つね》だが、今日は様子が違った。兵達は士魂号複座型《スピリット・オブ・ナイト》、通称三番機を一瞥《いちべつ》するだけで、黙々《もくもく》と先を急いだ。

「見事な偏差射撃《へんさしゃげき》だった。四〇㎜高射機関砲は地上の敵には有効だが、きたかぜゾンビの速さには苦戦することが多い。プロと言うべきだろう」

後部座席の芝村舞《まい》が講釈《こうしゃく》を垂《た》れた。さして意味のある会話ではない。ふたりとも戦場には慣れている。厚志があえて言葉をかけたのは、苛立つ舞を鎮《しず》めるためだった。

複座型《ふくざがた》の側には機体を運搬《うんぱん》してきたトレーラー、そして補給車が停まっている。交通誘導小隊の兵に停車を命じられたのだ。

整備班主任《せいびはんしゅにん》の原素子《はらもとこ》が誘導小隊の学兵に食ってかかっている。

学兵は原に気圧《けお》されながらも、鉄橋の方角を指差すだけだった。険《けわ》しい山を、トンネルを穿《うが》ち、尾根《おね》を切り開いて造られた線路である。場所によっては装輪式戦車が一台通るだけの幅しかない。

速水らは鉄橋まであと二百メートルの地点で立ち往生《おうじょう》していた。

そこから鉄橋へ至る線路はいわゆる尾根道で急勾配《きゅうこうばい》の斜面が片側から迫り、鉄橋を渡る直前で山を掘り崩して造られたさら地となっている。管理棟に通じる一車線の道が線路の横を走っているが、これも撤収する部隊で道を塞《ふさ》がれている。いずれにせよ部隊の撤収が終わらなければ通行することはできない、と学兵は言った。

「それで、あとどれくらいかかるの？」

原が尋ねると、学兵は首を傾《かし》げた。

「そうですねえ。あと小一時間《こいちじかん》あれば、我が隊を含め、全員の撤収が完了するでしょうね」

「あなた馬鹿ぁ？　誘導小隊って寄せ集めの落ちこぼれって聞いたけど本当のことね！」

自分の隊を棚《たな》に上げて、原が嫌みたっぷりに言った。

「は……？」

「わたし達は鉄橋爆破任務の支援に来ているの。極論《きよくろん》を言えばね、部隊の撤収より爆破任務が優先される」

「じゃあどうすれば」

「わたし達が通れるように、今すぐに手配しなさい！」

激しい剣幕《けんまく》で言う原の前に、隊長らしき学兵が立った。学兵は急いで隊長の後ろに隠れた。

「どうした？　落ちこぼれとは聞き捨てならんが」

「はあ、この方が……」

およその事情を説明された隊長は、

「任務の優先度に関しては連絡を受けていませんね。命令書《めいれいしよ》を拝見《はいけん》します」

と言った。

「そんなもの、あるわけないじゃない」

「じゃあだめですね。部隊の撤収に伴《ともな》う交通上のトラブル処理は我が隊の管轄《かんかつ》に属します。あなたの要求が通るとすれば、上から特別な命令を受けた場合ですね。その場合、命令書を呈示《ていじ》していただく必要があります」

落ちこぼれと言われてむっとしたのか、隊長はくどくどと述べたてた。

「舞、舞ったら……」

芝村舞の我慢は限界に達している。なんというかこう、険悪《けんあく》な空気が後部座席から直《じか》に伝わってくるのだ。厚志はあわてて舞の名を呼んだ。

「厚志よ。芝村は決して短慮《たんりょ》を起こさぬ」

舞の声は意外と平静だった。

「そ、そうだよね。またよけいな心配をしちゃった。ごめん」

厚志は戸惑《とまど》いながらも舞をなだめるように言った。

「しかしな、我々の任務は鉄橋爆破任務を護衛することにある。このままでは爆破の瞬間に立ち合うこともできぬ。任務をまっとうすることはできぬのだ。わかるな?」

「あ、ああ」

「我々だけで行こう」

「けど線路は塞がって……」

「なんのための人型戦車だ。なんのために二本の腕と二本の脚を持っている。さらに言えば、なんのための士魂号パイロットだ。厚志!」

厚志はびくっと身を震わせた。嘘《うそ》だろ、と思った。

「我々の操縦《そうじゅう》技術を存分《ぞんぶん》に見せてやろう」

操縦するのは僕じゃないか、と口に出しかけたが、厚志はしぶしぶとうなずいた。

「どうも皆さん、ご苦労さまです。あ、ごめんなさい、そこのトラックの運転手さん、二メートルほどバックお願いします！」

しばらくして、三番機の拡声器から、厚志の愛想の良い声が響き渡った。三番機は強引《ごういん》に車両の列に突っこみ、隙間《すきま》を探しては二本の脚で一歩一歩道を逆行《ぎゃっこう》していた。

仰天《ぎょうてん》する誘導小隊の隊長を後目《しりめ》に、原は補給車に戻ると、「責任はわたしが取るわ」と三番機に通信を送った。

三番機の進む先は当然のことながら流れが止まった。

「ただちに引き返してください。交通の障害《しょうがい》になっています」との誘導小隊の警告《けいこく》は無視して、厚志はひたすら愛想を振り撒《ま》き続けた。

「馬鹿め、とっととバックせよ。さもないとボンネットを踏み潰《つぶ》してやるぞ」

舞のぶつぶつ言う声が聞こえた。

厚志は拡声器のスイッチを切ると、うんざりした口調で言った。

「しばらく黙っていてよ。集中できないじゃないか」

「そなたのへらへらした調子は好かぬ。大義名分《たいぎめいぶん》を明らかにして堂々と通ればよい」

「だめだよ。強引に割りこんだのは僕達だ」

厚志は拡声器のスイッチをＯＮにして、再び「ごめんなさい、ごめんなさい」と謝りながらパズルを解くような操縦を再開した。

前方に鉄橋が見える。あと少しで渋滞《じゅうたい》を抜けると思った瞬間、光がまばゆく厚志の目を射《い》た。同時に管理棟の方角で爆発。なにが起こったか、厚志は瞬時《しゅんじ》に悟《さと》っていた。

「スキュラ……」

舞の緊張した声が聞こえた。

稜線《りょうせん》上からぽつりぽつりと黒い点が出現し、こちらに向かって進んでくる。

コードは谷底へ落ちてしまった。再セットアップをしている時間はなさそうだ。

来須は電子《でんし》双眼鏡《そうがんきょう》を取り出すと橋桁を見た。旧式のTNT爆薬が三本ある橋桁の中央に取りつけられている。距離にして約三百。来須はレーザーライフルを取り出した。

なんとかやれるか？

突如《とつじょ》として爆発が起こった。

一台の戦車が炎を上げている。吹き飛ばされた砲塔《ほうとう》が、燃えながら転がって数人の兵を巻きこんだ。

スキュラ。長射程《しゃてい》のレーザーを有する敵の大型幻獣だ。

稜線から現れた黒点はまたたくまに拡大され、一体のスキュラが八体のきたかぜゾンビにかしずかれるように宙に浮かんだ。

「撤収、急げ！」

切迫《せっぱく》した声が飛んだ。車両が速度を速め、次々とさら地から姿を消していく。鉄橋にはなお数台の装輪式戦車と多くの戦車随伴歩兵が残っていた。

来須はレーザーライフルを構え、照準をのぞきこんだ。一体のきたかぜゾンビがズームアップされる。空中をホバリングして、鉄橋上を掃射《そうしゃ》しているところだった。

レーザー光が大気を走った。きたかぜゾンビはまっぷたつに裂《さ》け、体液を撒き散らしながら落下していった。

これならやれる。使い慣れたアサルトライフルとは異《こと》なり、一発撃つたびにレーザーを再充塡《チャージ》しなければならない不便な武器だが、その破壊力には目を見張るものがある。再充塡開始のランプが点灯《てんとう》した。

ほぼ前後して、高射機関砲が火を吹いた。木下だ。撤収したのではなかったのか？　来須は陣地に向かって呼びかけた。

「止めろ。目標にされる」

レーザーとは異なり、機関砲は発射地点を容易《ようい》に察知《さっち》される。陣地に拠《よ》っているとはいえ、集中攻撃を受ければ無事では済まないだろう。

しかし木下は機関砲に取りついたまま、「大丈夫《だいじょうぶ》！」と叫び返してきた。

再充塡完了。来須は狙いを定めた。レーザー光が走った。また一体、きたかぜゾンビが落下していった。新たな敵を無視できなくなったらしい、きたかゼゾンビは鉄橋上への掃射を中止すると、機首を巡《めぐ》らし、さら地に向かって進んでくる。

「もういい。敵が気づいた。あとは俺に任せて逃げろ」

「あなたの方こそ、逃げて！　殺したくないのよ、あなたを……」

木下の言葉は続かなかった。一条《いちじょう》のレーザーが陣地を直撃した。コンクリートが砕《くだ》け散って、おびただしい破片《はへん》が宙に舞った。

「大丈夫か？」

応答《おうとう》はなかった。来須はつかのま陣地を見上げたが、すぐに放棄《ほうき》されたトラックの陰《かげ》に隠れると、再びレーザーライフルを構えた。

機関砲弾が兵の腹を裂いたかと思うと、体の上半分が吹き飛んだ。

燃える装輪式戦車から、炎に包まれた戦車兵が飛び出した。

鉄橋上は地獄絵《じごく》だった。

至近距離からの掃射に兵はなすすべもなく倒れ、あたりは血のにおいがたちこめた。

口許を押さえた三村の指の間から吐瀉物《としゃぶつ》が洩れた。ヒュンヒュンと音をたてながら機関砲弾がかすめ過ぎてゆく。鉄骨にへばりつき、三村は震えていた。敵は身動きの取れぬ獲物《えもの》を舐《な》めるように掃射している。なにを思ったか、ひとりの兵が絶叫をあげ、鉄橋から飛び降りていった。

一体のきたかぜゾンビが鉄橋すれすれまで降下してきた。

「敵意さえ持たなければ……」

三村は自分に言い聞かせるようにつぶやいた。風圧《ふうあつ》に負けぬよう、三村は鉄骨にしがみついた。

きたかぜゾンビが、三村の正面を向いた。錆《さび》を浮かせたきたかぜの機体には寄生体《きせいたい》、すなわち最小サイズの幻
主《あるじ》のいないコクピット。

獣がフジツボのようにびっしりと張りついていた。寄生体に穿たれた無数の目が一斉《いっせい》に三村をとらえた。

三村は必死に吐き気を堪えると、呼びかけた。

「俺は敵じゃない」

と、二〇㎜機関砲の銃口がこちらを向いているのに気づいた。

「ま、待て！　俺は敵じゃ……」

悲鳴《ひめい》をあげるまもなく、三村の体は無数の肉片《にくへん》と化《か》した。

二〇㎜機関砲弾が弧《こ》を描《えが》いて、二体のきたかぜゾンビに吸いこまれてゆく。不意を打たれた敵は体内から炎と体液を撒き散らしながら、相次《あいつ》いで谷底へと激突した。

「来須さん、瀬戸口さん、どこです？」

聞き覚えのある声がさら地にこだました。来須が顔を上げると、ジャイアントアサルトを構えた三番機がさら地を慎重に移動していた。

来たか。来須は身を起こすと、三番機の傍らに立った。

「俺だ」

三番機の頭部が来須に向き直った。

九メートルの巨体と向かい合って、来須は口許を引き結んだ。長い間一緒に戦っているが、士魂号とこんなに近くで「お見合い」したのは初めてだった。人工筋肉で覆《おお》われた殺伐《さつばつ》とした姿。優美《ゆうび》な、と表現する者もいるが、人のかたちを模《も》して造られた戦闘機械であるだけに、かえって通常の兵器にはない禍々《まがまが》しさが感じられる。

しかし、拡声器を通して流れてくる声はごく穏やかなものだった。

「なんだか大変なことになってますね。瀬戸口さんはどうしました？」

「わからん」

「そういや善行司令がよろしくと。僕達、これから……」

厚志の言葉をさえぎるように、芝村舞が割りこんだ。

「爆破任務はどうなっている？」

「起爆装置に故障があってな。直接、橋桁に仕掛けられた爆薬を狙うしかない」

「ふむ。それならば我々に任せるがよい。このジャイアントアサルトで」

「だめだ。味方がまだ退却中《たいきゃくちゅう》だ。おまえ達は幻獣を食い止めろ。弾を無駄に使うな」

「……わかった」

舞が承知《しょうち》すると、来須は管理棟へと向かった。

管理棟の建物には無数の弾痕《だんこん》が刻《きざ》まれ、誘導小隊の兵は避難《ひなん》したのだろう、内部はがらんとして人気《ひとけ》がなかった。

来須は階段を上りきると屋上へ出た。

予想通り鉄橋を一望《いちぼう》のもとにできる絶好《ぜっこう》の位置だった。すでに獲物を狩《か》り尽くしたのか、ホバリングしていたきたかぜゾンビが動きはじめた。

横に目をやると、三番機がジャイアントアサルトを構えるところだった。

来須は腹這《はらば》いになると、照準器をのぞきこんだ。

真っ赤に塗《ぬ》られたTNT爆薬のユニットが橋桁のつけ根に設置されている。問題はない。これならやれる。念のためにと、鉄橋上に視点を移した。まだ生きている者がいた。来須は照準器から目を離した。

無理だ。全員を救うことはできない。そう言い聞かせて、再び射撃体勢に入った。

と——、三番機が突如《とつじょ》として鉄橋を渡りはじめた。

「スキュラをたたく」

舞はジャイアントアサルトをスキュラにロックした。スキュラさえたたけば、あとはきたかゼゾンビだけだ。三番機にとっては与《くみ》し易《やす》い相手だった。

「待てよ……」

厚志はじっとトンネルの出入り口に見入った。網膜《もうまく》に一台の装輪式戦車が投影《とうえい》された。少し遅れて、その後ろを小型の幻獣が追っている。舞が忌々《いまいま》しげに舌打ちをした。

「馬鹿め、今頃《いまごろ》来たって、助けてやらんぞ」

厚志はためらいなくダッシュした。後方《こうほう》への激しいGに舞が憤然《ふんぜん》と声をあげた。

「こら、なにを！」

「いいだろ、舞？」

「……許す」

三番機は鉄橋に脚を踏み入れ、速度を上げた。

来須は目をむいて鉄橋上を走る三番機の姿を追った。

あと少しで引き金を引くところだった。なんという無茶をする。これだから純粋培養《じゅんすいばいよう》のパイロットは度《ど》し難《がた》い。

あの味方は存在しなかった。そう割りきるのが正解だ。正解なのだが——来須はむっつりと照準器をのぞきこんだ。

戦車が停止して、乗員がハッチから脱出した。二十メートルほど遅れて、ヒトウバン、ゴブリンリーダーなど快速の小型幻獣の群れが迫ってくる。

上空《じょうくう》にはスキュラ、きたかぜゾンビが浮かび、乗員に狙いを定めた。

来須はスキュラに照準を合わせると、引き金に指をかけた。

ほどなく一条の光線がスキュラを貫いた。痙攣《けいれん》し、狙撃者を探すスキュラに間《ま》を置いてとどめの一撃。すさまじい爆風に三番機があおられた。

「おわっ！」

ジャンプしたとたん激しい揺れを感じ、厚志は悲鳴をあげた。三番機はとっさに片腕を伸ばし、わずかに鉄骨を摑んでいた。六・五トンの重量《じゅうりょう》に鉄骨がぎしぎしときしんだ。あと少し反応が遅れれば、谷に転落していた。

「来須め、我々を殺す気か」

舞が憮然《ぶぜん》としてつぶやいた。

厚志は三番機の体勢を立て直すと、再び鉄橋上に立った。残るきたかぜゾンビが攻撃してきたが、三番機は巧みに避け、ジャンプを繰り返しながら、鉄橋上を走った。

「よし、ここでいったん停止だ。射撃する」

「わかった」

ジャイアントアサルトの二〇㎜ガトリング機構が小気味《こきみ》よい音をあげて回転する。小型幻獣の群れがなぎ倒された。

今の爆発であるいは、と思いながらも厚志は拡声器のスイッチをONにして、呼びかけた。

「時間がありません。早く！」

三人の戦車兵が、残骸《ざんがい》の陰から身を起こした。しぶとく生き残った兵だ。スキュラが爆発すると同時に勘良《かんよ》く伏せて、爆風に飛ばされるのを免《まぬか》れたのだろう。

「早く！　早く渡ってください！」

三人の戦車兵は疾走《しっそう》し、三番機とすれ違った。

「あと十秒敵を食い止める。しかるのちに転回《てんかい》」

一秒一秒が長く感じられた。三番機は鉄橋上に全身をさらしたまま、ジャイアントアサルトを撃ち続けた。小型幻獣がひとたまりもなく粉砕《ふんさい》され、反撃する暇《いとま》もなく討《う》ち減らされてゆく。と、群れが割れて、不吉《ふきつ》な風切り音が聞こえた。生体ミサイル！　「歯を食いしばれ。直撃来るぞ」舞の声が爆発音と重なった。

衝撃。またしても鉄骨を掴んで堪《こら》えた。三番機の右腕がジャイアントアサルトごと飛ばされ、谷底へと落ちていった。

「大丈夫か、厚志？」

「あ、ああ……なんとか動ける。……原さんに叱《しか》られそうだな」

ミノタウロスが小型幻獣の群れを掻き分けるように進んできた。

「そろそろ逃げる?」

「待て。その前に……」

ミノタウロスの体が震えた。体内に埋めこまれた生体ミサイルが発射される前触《まえぶ》れだ。三番機は前に跳《と》んだ。ミサイルが発射され、機体すれすれを通過してゆく。着地《ちゃくち》すると目の前にミノタウロスの姿があった。三番機の脚がミノタウロスの腹をめがけて飛んだ。ずぶりとした感触。ミノタウロスは痙攣《けいれん》すると大爆発を起こした。


気がつくと瀬戸口は線路わきの地面に横たわっていた。

空が見える。雲がゆっくりと流れてゆく。まばゆい陽射しに瀬戸口は目を細めた。

どうしたんだ、俺? 炎に包まれた戦車の砲塔が視界いっぱいに広がり、それから——。本能が生きることを選択したらしい。瀬戸口は慎重《しんちょう》に四肢《しし》を動かした。OK、これならと身を起こそうとしたとたん、後頭部《こうとうぶ》に痛みが走った。

一瞬、目の前が真っ暗になる。しかし気を取り直し、ゆっくりと身を起こした。すぐ隣に学兵の死体があった。顔面を潰され、死顔《しにがお》すらない。彼がクッション替わりになって自分は助かった。瀬戸口は憂鬱《ゆううつ》そうに首を振ると、四肢に力をこめ、身を起こした。

気配がした。振り返ると、久遠に身を包んだ戦車随伴歩兵が管理棟に向かってゆくところだった。厳しい横顔だった。声をかけるのをためらっていると、女が立ち止まった。視線が合って、瀬戸口は声を失った。

なんという目だ。自分も長い間生きてきたが、これほど冷たく乾いた目と出合うことは希《まれ》だ。もしや……？　身の危険を覚え、瀬戸口はことさらに軽薄を装《よそお》った。

「やあ、お嬢さん。お茶でも、と誘いたいところだけど、あいにくと動けない。足はちゃんとくっついているかい？　自分で見るのがこわいんだ」

女の口許に冷やかすような笑みが浮かんだ。淡い鳶色の目が強い光を放っている。

「男のおしゃべりは最低よ。あなた……ただの学兵じゃないね。においが違う」

「買いかぶりだよ」

女はライフルの銃口を瀬戸口のこめかみに突きつけると、淡々とした口調で言った。

「知り合ったばかりで残念だけど、さよならよ」

「ちょ、ちょっと待てよ！　理由もなく殺されるなんて俺は嫌だよ」

「理由ならわたしがつけてあげる。運が悪かった。それで納得してもらえない？」

「納得できるもんか！」

瀬戸口が憮然《ぶぜん》として言うと、鉄橋の方角で大爆発が起こった。女は、はっとしてわずかに視線を動かした。

その隙を見逃《みのが》さず、瀬戸口は横に跳んだ。銃弾がかすめ過ぎた。瀬戸口は残骸の陰に隠れるとホルスターからシグ・ザウエルを引き抜いた。

「やっぱりただ者じゃないね」

女が話しかけてきた。狩猟者の冷静な声。俺は獲物というわけか？　瀬戸口は不敵に笑った。

「君の方こそ。熾天使だろ？」

「さあね。そちらへ行ってもいいかしら？」

「それは構わないけど、もしかして俺が丸腰《まるごし》だなんて誤解《ごかい》してないかな」

瀬戸口は優位《ゆうい》に立っていることを確信していた。この女が熾天使なら一刻も早く、橋の爆破を阻止《そし》せねばならないはず。しかし自分がここに頑張っている以上、相手も身動きが取れない。待てよ、と思った。女は管理棟へと向かっていた。

起爆装置……来須は管理棟にいるのか？

からん、と音がして、拳大《こぶしだい》の物体がこちらに転がってくる。手榴弾《しゅりゅうだん》！　瀬戸口は舌打《したう》ちすると、横っ飛びに転がった。爆発と同時に、伏《ふ》せる。背後にぞっとする気配。手慣れている。

瀬戸口は身を起こすとジグザグに駆けた。

幸運にも銃弾ははずれた。瀬戸口は再び物陰にすべりこんだ。

「管理棟で待ってるわ」

女は言い残すと、すばやく管理棟の建物内に消えた。あとに残された瀬戸口は忌々しげに顔をしかめた。相手は暗《あん》に待ち伏せがあることを示唆《しさ》してきた。おそらくはブラフだろう。自分の足を止めて、来須を始末する時間を稼《かせ》ぐつもりだ。

しかし――十中八九《じっちゅうはっく》ブラフであるとしても、敵の裏を掻くことがあの女の仕事だ。今、自分が考えていることなど、とうに承知しているに違いない。下手《へた》に踏みこんで待ち伏せを受ければ、まちがいなく自分は殺される。

どうするか？　瀬戸口は喉の渇《かわ》きを覚えた。


来須は鉄橋上を走る三番機を見守っていた。

少し離れて小型幻獣の群れが飛び跳《は》ねるように迫ってくる。あと少し。あと少しで三番機は橋を渡りきる。渡りきった瞬間が狙撃のタイミングだ。

と――、耳障りなローター音が聞こえた。近づいてくる。きたかぜゾンビの生き残り二体が、三番機には目もくれず、加速しながらこちらに迫ってくる。しまった、見つかったか？　来須は迷わず照準を定めると引き金を絞《しぼ》った。

レーザーに貫かれ、一体がきりもみしながら落下してゆく。再充塡のランプがついた。ランプが消えるまで十二秒。来須はきたかぜゾンビに目を留め、次いで三番機に目を留めた。敵が到達するまではあと十二ないし十三秒。コンマの差だ。直感がそう告げた。

三番機の脚が地面を踏んだ。

ランプが消えた。照準器がＴＮＴ爆薬のユニットをとらえた。ローター音が鼓膜《こまく》を圧した。

来須は奥歯《おくば》を嚙《か》み締めると、引き金に指をかけた。

瀬戸口は女のあとを追った。

ためらいながら管理棟を見上げた瀬戸口は屋上に光の反射を認めた。来須のレーザーライフルだ。そう直感が告げていた。

ヘリのローター音が近づいてくる。瀬戸口は慎重に階段を上った。待ち伏せを警戒しながら細心《さいしん》の注意で上っていく。ほどなく鉄の扉《とびら》が見えた。

(やるしかないか)

瀬戸口は鉄の扉に手をかけた。

扉を開けると、すさまじい風圧とローター音が鼓膜に響いた。

瀬戸口の目に、女の姿が飛びこんできた。ライフルを構え、来須の背を狙っている。

瀬戸口の気配を感じたか、女は振り向いた。驚愕《きょうがく》の表情。しかしすぐに嘲笑《あざわら》うような笑みを投げかけ、瀬戸口に背を向けた。

「気をつけろ、来須っ!」

瀬戸口は叫ぶと引き金を引いた。

次の瞬間、目の前が真っ暗になった。なにかに殴られたような衝撃を感じて瀬戸口は階段を転げ落ち、床に激しくたたきつけられた。

……どれくらい気を失っていたろう、瀬戸口は全身の痛みに顔をしかめ、体を起こした。なんとか生きている。瀬戸口の体は階段の踊り場に辛《かろ》うじて引っかかっていた。管理棟のビルは鋭利《えいり》な刃物で削《けず》られたように、その半分が消滅していた。

むき出しになり、半ばを引き千切《ちぎ》られた鉄骨が、衝撃のすさまじさを物語っている。

「これで二度……いや三度、死に損ねたってわけか。新記録だな」

瀬戸口はひとりごちると、立ち上がり、足場《あしば》を確認した。崩れ落ちる心配はない。階段を慎重に上がる。ひしゃげた扉を苦労して開けると、屋上は陥没《かんぼつ》し、ほとんど消滅していた。

わずかに残されたスペースに立つと、黒煙《こくえん》に包まれた鉄橋が見えた。まるでスローモーションで見るかのようにゆっくりと崩壊《ほうかい》してゆく。

来須の姿は跡形《あとかた》もなかった。むろん、女の姿も。自分だけが悪運しぶとく生き残った。

「長生きするタイプじゃないとは思っていたが、こんなところで死ぬとはな」

瀬戸口は誰に言うともなくひとりごちた。

下の方で物音がした。不安定な足場をつたって、おそるおそる下をのぞきこむと、無愛想《ぶあいそう》な視線が瀬戸口を迎えた。

「来須」瀬戸口はあきれて相手の名を呼んだ。

「瀬戸口か」

来須は瓦礫の山に埋もれていた。

頑健《がんけん》な肉体に加え、強化《きょうか》されたウォードレスを着ているお陰で、さしたる怪我《けが》はないようだ。ただ、瓦礫に埋もれているため、身動きがままならぬようだった。

「死に損ねたな。それにしてもなんてざまだ」

瀬戸口は冷やかすように、来須に呼びかけた。

「ふん」

来須はようやく瓦礫から右腕を引き離した。と、指の先に鈍く光るものが、鉄骨の先端に引っかかっていた。来須は慎重に指を動かして、それを掌《てのひら》に収めた。しばらく掌に見入ったかと思うと、来須は放心《ほうしん》したように空を見上げた。

「ああ、あのさ……」

「なんだ？」

来須の声に感情が感じられた。

瀬戸口は苦笑してかぶりを振った。そしてまったく別のことを言った。

「うん……戻ったら女子校の皆さんを食事に誘うって約束したろ？　おまえさんもつき合えよ」

「ふっ」来須は口許をほころばせた。

「それじゃ救出作戦をはじめるとするか。三番機を呼んでくるから、のんびり雲の数でも数えていてくれ」

瀬戸口は軽薄に言い捨てると、身をひるがえした。

ソックスハンターは永遠にー　友情

中村光弘《なかむらみつひろ》は厳粛《げんしゅく》な面《おも》もちで机の前に座っていた。

目の前には「遺言《ゆいごん》」としたためられた封筒《ふうとう》、そしてまだ真っ白なままの便せんが置かれている。三時間前から文面を考えているのだが、いっこうにひらめきが訪れない。机の横に置いてあるポテトチップスを二袋分消費《しょうひ》しただけだ。

三袋目のポテトチップスを口に放りこんで、中村は気難《きむずか》しげにうなった。

「ふんなこつ気分転換が必要かの」

中村はふと…というか反射的に部屋の隅《すみ》に置かれている段ボールの群れに目をやった。

「しかたんなか」とつぶやいて箱のひとつを手にする。厳重《げんじゅう》に貼《は》ってあるガムテープをピピッとはがす。中味をあらためて中村はまぶしげに目を細めた。

段ボールの中には純白《じゅんぱく》のハイソックスがぎっしり詰まっていた。一足一足にタグがつけられ、入手《にゅうしゅ》場所、日時、そして使用者の名が記《しる》されている。使用者欄《らん》が空白《くうはく》なのは、非合法《ひごうほう》にアレした時の戦利品《せんりひん》だった。

一足のソックスを手に取る。手触《てざわ》り、そして中村にとっては至福《しふく》ともいえるほのかな香《か》。我慢《がまん》できなくなって中村は鼻に押し当てた。

天国だ。パラデソだ。ふっと気が遠のいた。

（し、しもうた、鼻血《はなぢ》が……！）

中村はめまいを覚え、あわててティッシュを鼻の穴に押しこんだ。

気分転換はこれで十二回目になる。三時間で十二回。十五分に一回というペースである。

むろん、イケナイことだとはわかっている。読書、映画鑑賞《かんしょう》、ドライブ、盆栽《ぼんさい》、ゲートボール、猫の肉球鑑賞……星の数ほどもある趣味《しゅみ》の中でも、ソックスハンティングは忌《い》み嫌われ、異端視《いたんし》され、常識を疑われ、時には石もて故郷《こきょう》を逐《お》われ、永遠に市民権《しみんけん》を得ることはないだろう趣味である。

そのため、地下に潜《もぐ》り、同志《どうし》達と秘密裏《ひみつり》に活動してきた。その成果がこれだ。

「フフフ、わかってますよ」

電波な声がした。中村が我《われ》に返ると、岩田裕《いわたひろむ》がちゃぶ台に座って茶をすすっていた。

岩田は隈取《くまど》りに似た化粧をしてオリジナルセンスの作業着に身を包んだ5121小隊きっての電波系である。

「ぬ、ぬしゃ、いつのまに……」

「あなたは三十分の間、地球から離れていました。ゴミ袋に詰めて捨ててこようと思ったのですが息をしているみたいだったので」

「むむ」

冗談《じょうだん》ではなかった。中村はめざとく岩田の敷《し》いた座布団《ざぶとん》からゴミ袋がはみ出していることに気づいた。油断《ゆだん》ならんやつ、と思った。俺を始末《しまつ》すればこのコレクションはそっくり岩田の手に渡ることになる。それは悲しい、悲し過ぎる。

「遺言なんて書いてどうするつもりです？」

「どうも近頃《ちかごろ》ヤバイ感じがするたい。俺が死んだら、コレクションば裏マーケットの親父《おやじ》に託《たく》すつもりだった」

「ならわたしにください。きっと世の中の役に立ててみせます」――どうやって？

「それも嫌《いや》ばい」

「あなたともあろう人が迷っていますね。これを……」

岩田は紙袋から一足の足袋《たび》を取り出した。純白だ。限りなく純白。清楚《せいそ》にして純白。中村の顔からさあっと血の気が引いた。

「ばっ、これはっ……！」

「○▲×からいただいてきました。ノオオ、触ったらダメです。足袋が減ります」

「こ、こぎゃんもんばどうして？」

「あなたがくだらぬ遺言などを書いている間、わたしはハンティングに出かけていました。○▲×さん、わたしをどのように軽蔑《けいべつ》してくれても構いません。明日《あす》、死ぬかもしれない身ゆえ恥《はじ》を忍《しの》んでお願いします……こう手を合わせて頼んだのです」

「わいさー！」

中村は咆哮《ほうこう》した。そ、そうか、その手があったか！　俺はなんという根性なしか。中村は感動のあまり岩田の手をがっちりと握り締めた。

「俺がまちがっていた！　もう少しで真実を見失うところだったばい。ハンターは死してもなおハンターたいね」

「フフフ、わかっていただけましたか」

「俺は生きるぞ。たとえこの身が滅《ほろ》びようとも、魂魄《こんぱく》となって可愛《かわい》いソックス達のところへ戻ってくるばい！」

宣言《せんげん》すると中村は遺言を破り捨てた。迷いは吹っきれた。生まれ変わった気分だった。今の中村はさわやかな朝焼けのような気分に包まれていた。

「オオゥ、グレート！　立派《りっぱ》ですよ………ところでそれはなんです？」

岩田は鋭い目で中村をにらみつけ、ひしと足袋を握り締めた。

「わはは。新しかギャグばい」

中村は尻《しり》ポケットに隠したスパナを取り出してみせると、呵々《かか》と笑った。

第二話

単座型軽装甲

四月十九日　　　曇り時々晴れ

最近、毎日のように出撃がある。疲れているんだろうか、朝、起きるのがけっこうつらい。こんなこと前にはなかったのに。舞にそれを言ったら、「そなたは軟弱だな」って思いっきり見下されてしまった。けれど強がりだって僕にはわかるよ。近頃の舞は頬がこけてきたし、食事だって残すし。肩に触ると、細くてとがった感じでかわいそうになってしまう。あ、そういえば今日は滝川の初デートの日。滝川はちょっと気が弱くて子どもっぽいところはあるが、やさしくていいやつだ。本当ならもっと人気があっていいはずだと僕は思うけど、女子の目から見ると違うのかな？　ファイトだ、滝川。

（速水厚志『小隊の仲間』より）

放課後になっていた。

整備テント内は寒く薄暗《うすぐら》く、明かり取りのための透明《とうめい》なビニール窓からは、うっすらと西日が射《さ》しこんでいた。鉄骨《てっこつ》と鉄板《てっぱん》を組み合わせて設《もう》けられた二階部分の床《ゆか》に、滝川陽平《たきがわようへい》はあぐらを掻《か》いて座りこんでいた。

すぐ側《そば》には二番機の巨大な頭部があった。

「……でさあ、俺はハッキリ言ってやったわけ。おまえは田辺《たなべ》のことどう思ってるんだって。好きなら好きと言ってやれって。そうさ、遠坂《とおさか》は確かにルックスはいいよ。金持ちだし。きっとモテるんだろうと思う。

けど、田辺はあいつのこと好きなのに、あいつったら肝心《かんじん》な話をぜんぜんしないで、『火器《かき》管制《かんせい》システムの調子《ちょうし》が悪いのですが、助けていただけませんか』なんて澄《す》ました顔で話しかけるんだ。女の身にもなってみろよ。蛙の生殺《なまごろ》しってやつ？　かわいそうじゃねえか」

まくしたてたかと思うと、すぐに滝川は顔を赤らめ、頭を掻いた。

「ちぇっ、なんでもお見通しだな。嘘《うそ》だよ。そんなこと俺には言えねえよ。どうせ俺は気が弱いよ」

滝川陽平は士魂号単座型軽装甲《スピリット・オブ・サムライけいそうこう》、すなわち二番機のパイロットである。目鼻立ちはくっきりとして眉が太く、小柄《こがら》だが、体操選手を思わせるようながっしりとした体つきをしている。

が、滝川の最大の特徴《とくちょう》は、いつも頭に乗っけているゴーグルだ。子どもの頃《ころ》、胸ときめかせたロボットアニメのパイロットのトレードマークと同じだった。

他の隊員達は「意味なしゴーグル」と呼んで笑っているが、滝川にとってこれはロボット……人型戦車《ひとがたせんしゃ》のパイロットとしての覚悟《かくご》の証《あかし》だった。要するに鉢巻《はちま》きと同じものだ。

愛機に話しかけるのは滝川の日課《にっか》になっていた。

はじめて会った時から、滝川はすっかり二番機を気に入っていた。単座型《たんざがた》軽装甲は九メートルを超える巨人ながら、すっきりとシャープなラインを誇《ほこ》っている。同じ単座型でも重装甲《じゅうそうこう》は装甲をごてごてと着こんで趣味《しゅみ》が悪いし、複座型《ふくざがた》に至《いた》っては同じシリーズかと首を傾《かし》げるほど、ぼてっとしている。

確かに軽装甲は装甲がぺらぺらだ。命中弾を受けると、あっけなく戦闘不能になる。中・大型幻獣《げんじゅう》との戦闘が多い5121小隊にあってはわき役にならざるを得ない。その代わり脚《あし》は速いから、追撃戦《ついげきせん》に移る時は大昔の軽騎兵《けいきへい》やオートバイ兵のように敵を捕捉《ほそく》し、しとめることができる。

そう滝川は自分に言い聞かせていた。

「え、こんなところで油売ってるなって？　田辺でも誰でも積極的に誘えって？　へへ、痛いところ衝《つ》くなあ」

……むろん、滝川のひとり芝居《しばい》だろう。女の子の人形遊びに近いかもしれない。子どもの頃からひとり遊びばかりしてきたために、滝川は想像上の相手と自在《じざい》に話をすることが自然と身についたのかもしれない。

「けど、田辺はやっぱりだめだよ。森《もり》もいいかなって思うんだけど、話しかけてもそっけないしさ。俺、誰ともつき合えないで死んじまうのかな」

戦況《せんきょう》が危《あや》ういことは肌で感じていた。

出動《しゅつどう》回数が増えていることや、戦場で目にするもの耳にするものからわかる。三日前、敵に包囲《ほうい》された部隊の救援《きゅうえん》に向かった。しかし救援要請《ようせい》が遅れたこともあって、到着した時には、全員が戦死していた。

戦場には自衛軍《じえいぐん》でも学兵《がくへい》でもない、軍属《ぐんぞく》が先に到着していて、戦死者を黒い死体《したい》袋に入れて運び出していた。遺体を見ることはなかった。あいつら、どこへ行くんだろう？

遺体を載《の》せたトラックを見送りながら、極《きわ》めて日常的な次元で滝川は考えた。

そのまま墓場に直行《ちょっこう》か、それとも家族のもとに帰るのか？　答えは見つからなかった。ただあんな風に死体袋に入れられるのは嫌《いや》だ、と思った。

「安心しろ、おまえは死なないって？　へへ、慰《なぐさ》めてくれるのか」

足音がした。振り返ると、速水《はやみ》厚志《あつし》があきれ顔で立っていた。

「滝川、みんなが引いてるよ」

「いいのいいの。こいつと話していると楽しいしさ、なんだか元気が湧《わ》いてくるんだ」

それ以上元気になられたら困るよという顔で厚志は微笑《ほほえ》んだ。

「そうだ。いいものがあるんだ」

「クッキーだろ？　つくり過ぎちゃったんでよかったらってやつね」

「凄《すご》いな。どうしてわかるの？」

「あのな……」

滝川は口ごもった。速水厚志は士魂号《スピリット・オブ・ナイト》複座型のパイロットで、主《おも》に操縦《そうじゅう》を受け持っている。どこか女性的でぼややんとした雰囲気《ふんいき》からは想像もできないが、その操縦技術には天才的なものがあった。反射神経、一瞬一瞬の判断——厚志の手にかかると元来は鈍重《どんじゅう》な複座型が、華麗《かれい》にして残酷《ざんこく》な戦闘機械へと変身する。

幻獣撃破数《げきはすう》は二百を優《ゆう》に超えているはずだ。滝川は自分の愛機にマーキングされた正の字を数えてため息をついた。

（正が七つに……。三十七かぁ、ずいぶんと差をつけられたよな）

厚志の乗る機体は突撃仕様《とつげきしよう》として敵のまっただ中に突進し、ミサイルを発射、敵をいっきに殲滅《せんめつ》する役割を担《にな》っている。撃破数で軽装甲が水をあけられるのはしかたがないのだが、それでも滝川はついつい考えこんでしまう。

はっきり言ってしまえば滝川は操縦が下手《へた》だった。その機体運用は単調《たんちょう》で直線的だ。蝶《ちょう》のように舞い、蜂《はち》のように刺すことを信条《しんじょう》とする軽装甲のパイロットとしては致命的《ちめいてき》な欠点を抱《かか》えている。撃破数三十七も、ほとんどが背を見せて逃げる敵を始末《しまつ》したものだ。

それでもパイロットを続けていられるのは、補助《ほじょ》的な役割に徹《てっ》しているからだ。煙幕弾《えんまくだん》を放って単座型重装甲と複座型の突進を助け、時に支援射撃《しえんしゃげき》をし、敵の退却《たいきゃく》を見越しては待ち伏《ぶ》せ地点で待機《たいき》する。

滝川はたわけで不器用《ぶきよう》だが、よくやっている——とは厚志の相棒《あいぼう》の芝村舞《しばむらまい》の評価だった。

「うまい、うまいよ、これ！」

滝川は差し出されたクッキーを幸せそうに頬張《ほおば》った。

「今度のは蜂蜜《はちみつ》を混ぜてみたんだ。裏マーケットにひと瓶《びん》だけ残っていてね」

厚志は嬉《うれ》しげに説明した。

「おっと……全部食っちゃ悪いよな。芝村の分がなくなっちまう」

厚志と芝村舞の仲は有名だ。舞は芝村一族の末姫で、時代劇の見過ぎかと思えるような古風《こふう》にして横柄《おうへい》、ぶっきらぼうな言葉を遣《つか》う。彼女は天才的な情報処理能力《じょうほうしょりのうりょく》を持ち、複座型の火器管制システムを受け持っている。

性格は凜々《りり》しく男らしく、果敢《かかん》にして世間知《せけんし》らずだ。厚志とは好対照《こうたいしょう》だ。ただ、共通するのはふたりとも滝川にとっては天才であることだ。

「滝川に気をまわされると気味が悪いや。舞の分はもう届けてきたよ」

「なあ、前々から聞きたいと思ってたんだけど」

「なに？」

「芝村のどこがいいんだ？」

ストレートに尋《たず》ねられて厚志の顔が赤らんだ。

「うーん、そうだな……」

厚志はなにごとか考えこむ表情になった。真剣な顔つきで言葉を探している。

「へへ、言っちまえよ。ひょっとして男らしいところに惚《ほ》れた、とか？」

「そういう言い方もできるかもしれないけど。そうだな、舞は僕に新しい世界を見せてくれたんだ」

「……なんだか難しいな」

「あはは、そうだね。けど、本当のことなんだ。舞は僕に生きる力を与えてくれた。舞のためなら僕は……なんだってできる」

厚志の目が炯々《けいけい》と輝いている。滝川は言葉を失った。ここまで言いきるなんて、なんだか凄《すご》いぜ、と思った。

「ごめん。うまく説明できなくて。そんなこと聞かれたことがなかったから」

厚志が謝ると、滝川は「くそーっ！」と拳《こぶし》を握り締めて叫んだ。

「羨《うらや》ましいぜ、おまえ達。ふたりとも変わっているけどさ、変わり者同士うまくやっているもんな」

「羨ましい……？」

「俺も恋人が欲しいっ！　生まれてから一度もデートしないで死ぬなんて嫌だっ！」

滝川は駄々《だだ》をこねるように言った。

「……一度もデート、したことないの？」厚志はおそるおそる滝川に尋ねた。

「親友のおまえだから打ち明けるんだ。他のやつに言うなよ」

「田辺さん、誘った？」

田辺真紀《まき》は二番機の整備士《せいびし》である。性格は穏やかで控えめ、しかも前向きなところがあった。同じ機のパイロットと整備員同士、口をきくようになって、滝川はだんだんと田辺に惹《ひ》かれた。が、想いは滝川の一方通行だった。田辺は同じ整備員仲間で、遠坂財閥《ざいばつ》の若様である遠坂圭《けい》吾《ご》に想いを寄せている。

「田辺はだめだ。遠坂に惚れているから」

田辺とつき合えればスクールライフも楽しいだろうな、と思いながら滝川は言った。

「頑張《がんば》って田辺さんを振り向かせれば？」

「そういうの俺は嫌なんだ。陰ながら相手の幸せを祈ってるってのが好きなの！」

実は遠坂と張り合う自信がない。厚志は底抜けに不器用で、内気で気の弱い友人を気の毒そうに見つめた。

「森《もり》さんとはどう？」

確か二、三週間前にも同じことを聞いた覚えがある。整備班副主任《ふくしゅにん》の森精華《せいか》はてきぱきとした性格で、気の弱い滝川とは似合《にあ》っているんじゃないかと厚志は思う。森ならば滝川をリードしてくれるだろう。

とはいえ、同じ整備班の同僚《どうりょう》の話では、滝川は森にてんで相手にされていないという。むろん、「に、二番機の調子はどう?」などとしょーもない話題しか振れない滝川の会話能力に大きな原因があるのだが。……もしかしたら滝川は一生女性とは無縁《むえん》かもしれない。そう考えると厚志は悲しくなった。

「しゃべるきっかけが摑《つか》めないんだ」

「そんなこと言ってないで、なんでもいいからしゃべってごらんよ。話題がなければ雑誌を読んで探すとか」

「アニメの話とか」

「……できればそれ以外の話。仕事の話だっていいじゃないか。もっと士魂号《しこんごう》のこと勉強して、森さんを感心させるとかさ」

「おっ、それいいな!」

滝川の表情が明るくなった。さすがは速水だ、と思った。

よし、こうなったら勉強して……ってなにを勉強すればいいんだ?

「ふ、ははは。話は聞かせてもらったよ」

不意に笑い声がこだました。滝川と厚志の前に、金髪、半ズボンの少年が姿を現した。茜《あかね》大介《だいすけ》だ。現在担当はなし。整備員仲間でいうところの無職《むしょく》である。滝川や厚志と同じ歳《どし》のはずだが、何故《なぜ》かお子様仕様《しよう》の短めの半ズボンにこだわっている不思議《ふしぎ》なやつだった。

茜は冷《ひ》やかすような笑みを浮かべ、ふたりを交互《こうご》に見つめた。

「そのアイデアは失敗に終わるよ」

「えっ、どうして？」

厚志は意外なというように口走った。仕事大好き人間の森ならやっぱり仕事の話が妥当《だとう》じゃないか。

「甘いんだよ。姉さんは仕事が好きなフリをしているだけなんだ。沈着冷静《ちんちゃくれいせい》に仕事をこなし、その一方で女らしい華やぎも失わない……そんなスタイルに憧《あこが》れているだけさ。家じゃけっこうミーハーなんだぜ。トレンディドラマ、大好きだし。ポテトチップスかじりながら一生《いっしょう》懸命《けんめい》見てるよ」

茜と森とは血のつながりのない姉弟だった。フランソワーズ茜というのが彼の母親の名で、人工筋肉《じんこうきんにく》、士魂号の開発に携《たずさ》わり、不慮《ふりょ》の死を遂《と》げた。森の両親はフランソワーズの同僚《どうりょう》で、その死後、茜は森家に引き取られた。

しかし茜は死んだ母親を誇りに思い、ずっとその姓を名乗り続けている。

プライドが異常に高く、人を小馬鹿にした態度を取ることから、茜は嫌われていたが、何故か速水、滝川とは仲が良かった。

「そっ、そうなのか？」

滝川が身を乗り出した。あの森がポテトチップスかじりながらドラマを見ているとは。女って複雑な生き物だな、と妙《みょう》に感心してしまった。

「恋愛に関してはまったくうぶさ。白馬に乗った王子様を待っている。本当は恋人が欲しくてしょうがないんだ。ああ、ベッドの下に少女漫画、隠しているんだぜ。アランとかジュリアンとかそんな名前の主人公が出てくるやつ」

「……なんだか森さんのイメージが変わってきた」厚志は自信をなくしたように言った。

「な、姉さんって馬鹿だろ？」茜は勝ち誇ったように言った。

しかし、滝川は神妙《しんみょう》な顔をして考えこんでいる。

「滝川……？」

「可愛《かわい》い……じゃねえか。親しみが持てるしよ……」

滝川はほけっとした顔つきになっている。

「待ってくれ──」

「頼むよ。俺と森との橋渡《はしわた》し役をしてくれ。一生、恩《おん》にきるから」

滝川は手を合わせて言った。目が泣き出しそうに潤《うる》んでいる。

「一回もデートしないで死んじまうなんて嫌だ。なあ、頼むよ、茜」

茜は困惑《こんわく》して視線をそらした。僕だってデートなんてしたことはない。それに橋渡し役なんて道化《どうけ》たまねは僕には似合わない。

しかし――、と茜はかぶりを振った。

そしてあの事件のことを思い出していた。

茜が5121小隊に入隊したのは復讐《ふくしゅう》のためだった。母親の事故死は、士魂号の機密が洩《も》れることを恐れた芝村準竜師《じゅんりゅうし》による口封《くちふう》じであると茜は確信していた。母親の復讐を果たすために茜は飛び級で入学した大学を中退し、5121小隊に志願《しがん》したのだ。

勲章授与式《くんしょうじゅよしき》の日だった。その日、芝村準竜師を暗殺《あんさつ》しようとした茜は、速水と滝川に阻止《そし》された。事件は未然《みぜん》に防がれたため、表沙汰《おもてざた》にはならず、茜は咎《とが》を受けずに済んだ。が、悲願《ひがん》であった準竜師暗殺を阻止されて、茜は失意《しつい》のあまり家に引き籠《こ》もった。食事を拒否《きょひ》して、そのまま死んでしまおうとさえ思いつめた。

そして邪魔《じゃま》をした速水と滝川を憎んだ。信頼して打ち明けたのに――。

しかしふたりともそれぞれのやり方で辛抱《しんぼう》強く自分と向き合ってくれた。

およその事情を察した速水は、「君を無駄死《むだじに》させたくなかった。百パーセント成功する確信が持てるまで待つべきだろうね」とこちらがドキリとするようなことを耳打ちしてくれたし、滝川は滝川で毎朝のように自宅まで迎えにきてくれた。

「ちょっと近くまで来たモンだから」などと見え透《す》いた言い訳を一週間繰り返す滝川に、茜は半《なか》ばあきれ、根負《こんま》けしてしまった。

元々、飛び級で大学に入っていただけあって、茜には無理して背伸びしているようなところがあった。が、滝川と出会って、茜ははじめて年相応《としそうおう》の友達を得た。プロレスごっこをしたり、ロボットアニメについて熱く語り合ったり。滝川とつき合うことで、茜の孤独《こどく》で意固地《いこじ》な心は解きほぐされていった。

滝川という最高の友人を失いたくなかった。自分が立ち直ることができたのは、滝川がいたからだ、と茜は思っていた。

「わかった。僕に任《まか》せろ。あんな馬鹿姉でよかったら、いくらでも橋渡ししてやるよ」

茜は胸をたたいて請《う》け合った。

「大介、またわたしのシャンプー、使ったでしょ」

森家の茶《ちゃ》の間《ま》で、ふたりはテーブルを挟《はさ》んで向かい合っていた。テーブルの上には一面に伏せたトランプのカードが置いてある。

森はそう言いながら、カードを表にした。

「スペードの7と……ああ、ここね。違った、ハートの2か」

「シャンプーくらいいいじゃないか。だいたい姉さんは変なところに細かいんだよ。スペードの7にハートの7と。次はクラブのキングにハートのキング。ダイヤの5か。ほら出た、クラブの5。あとは……」

茜は淡々《たんたん》とカードをめくり続けた。森家に引き取られ、精華とはじめて遊んだゲームが神経《しんけい》衰弱《すいじゃく》だった。自称《じしょう》・姉は驚くほど弱かった。決して頭は悪くないのだが、どうやら神経衰弱のためのシナプス結合《けつごう》が不足しているらしい。本当にどんくさいったら。

イメージ、形状《けいじょう》を脳裏《のうり》に刻《きざ》みこむこつさえ覚えれば、記憶なんてたやすいものなのに。

「悪かったわね、シナプスが不足して、どんくさくて」

「え、ああ……しゃべってた？」

「とにかくシャンプー、使わないでよね！」

森はむっとして言った。茜は内心で舌打《したう》ちした。くそっ、これじゃシャンプーの話で終わってしまう。なんとかして滝川を売りこむきっかけをつくらねば。

「そういや姉さん、士魂号のことなんだけど」

「え……？」

森は意外そうに目をしばたたいた。ふたりは仕事の話は滅多《めった》にしない。

「滝川のやつ、士魂号としゃべれるっていうんだ。そういうことってあり得るのか？」

森は当惑《とうわく》した表情を浮かべた。士魂号の制御《せいぎょ》部分に生体脳《せいたいのう》が使われていることは公然《こうぜん》の秘密となっている。自《みずか》ら考え、心を持つ兵器。しかし兵器であるがゆえに、生体脳の機能は純粋《じゅんすい》に機体の制御に集中されている。仮《かり》になにかを考えたとしても、表現する手段を持たない。永遠の沈黙《ちんもく》と暗闇《くらやみ》の中で意識だけが醒《さ》めている状態だ。

それを考えると、森はぞっとすることがある。

「姉さん、顔色が悪いよ」

「……よくわからないけど、滝川君はなにか感じているのね」

森は青ざめていた。

「まさか。姉さんまでどうしちゃったんだ？　士魂号は発声器官《はっせいきかん》……表現手段を持たない。それに生体脳はパイロットを補助するための機能に特化《とっか》されているはずだ。CPUに対する数値演算《すうちえんざん》プロセッサのようなものさ」

「そうね……」

大介、あんたは馬鹿ね、と森は思った。だから苦しいんじゃない。悲しいんじゃない。一度、森は大破《たいは》した士魂号の生体脳を原素子《はらもとこ》が処分《しょぶん》するのを見たことがある。ブラックボックスの中味をはじめて見て、森は逃げ出そうとした。

しかし原はこわい顔でしっかり見なさいと言った。森の見ている前で原の手がまだ生きている生体脳にメスを突き立てる。たんぱく燃料《ねんりょう》が飛び散り、原の顔にかかった。その瞬間、森は絶叫《ぜっきょう》を聞いたように思った。一緒《いっしょ》に見ていた誰かがうずくまって吐《は》いた。

「どうしたんだ、おい、姉さん！」

「ちょっと、思い出しちゃって。えっと、滝川君の話だったよね。どうかしたの？」

「……滝川は姉さんに憧れている！　要するにそういうことなんだ」

茜は怒ったように言い放った。

「え？」

「くそっ、二度も言わせるな。滝川は姉さんに憧れているって言ったんだよ！」

「わたしに？」森は茜の話についてゆけずに自分を指差した。

「だからどんくさいっていうんだ。少しは喜ぶとか、恥ずかしがるとか、悲しむとか、怒るとか、リアクションがあってもいいだろ！」

苛立《いらだ》つ茜を、森は怪訝《けげん》な表情で見た。

自分のことを誰かが憧れているなんて想像したこともない。そういう概念《がいねん》すらなかった。

「滝川君、わたしに憧れてどうするつもりかしら？」

「知るもんか！　あいつ、姉さんのこと誤解してるみたいだ。僕はありのままを言ってやったさ。トレンディドラマが好きで、ベッドの下に少女漫画を隠しているって。本当はミーハーでどんくさいやつだってな」

森の顔がかあっと赤らんで、生き生きとした顔色になった。

「わたしのベッドでなにをしていたの？　このイイ歳して半ズボンの変態《へんたい》！」

「それは……たまには掃除《そうじ》をしてやろうと思ったんだ。姉さんの部屋は廃棄《はいき》物処理場《ぶつしょりじょう》のように散らかっているからな！」

「あんたは最低よ」

「最低は姉さんの方だ。脱ぎっぱなしのGパンが三本も四本も部屋に転がっているのを僕は見るに耐えない。新しく買うのはいいけど、洗濯《せんたく》をしようって発想はないのか？」

「わたしは忙《いそが》しいんです。無職のあんたと違って」

「む、むしょくって言ったな……」

茜の声がわなわなと震えた。ぐさりと急所を刺されたような感じだった。しかし、言い返す言葉を探すうちに茜は、はっと我《われ》に返った。どうしてこういう話になるんだ？

頭を冷やして茜は咳払《せきばら》いをした。

「その……、滝川は僕の親友だ。あいつはとってもいいやつなんだ。あいつと姉さんが仲良くしてくれると僕は嬉しい」

日曜日、尚敬校《しょうけいこう》の校門前で、滝川はそわそわとあたりを見まわしていた。

茜が「姉さん、OKだってよ」と言って、予定まで決めてくれたことに滝川は猛烈《もうれつ》に感動した。午前中は博物館《はくぶつかん》へ行き、午後には食事。なにを話せばいいんだろ？　緊張のあまり、滝川は、まわれ右して家に帰りたくなった。

森の姿が目の前に立った。制服の下にGパン、派手《はで》なバンダナで髪《かみ》を束《たば》ねている。いつもの格好《かっこう》だ。心もちふっくらとした顔が微《かす》かに赤らんでいる。

「ごめんなさい、遅れちゃって」

そうか、そうきたか！　滝川は乏《とぼ》しい語彙《ごい》を探した。

「お、俺も今来たばかりなんだ」

これで挨拶《あいさつ》はクリアした。あとはしゃべる。言葉が続く限り。

「ええと、なんつうか、その、本当は勇気を出して自分で誘いたかったんだ。けど、森とはクラスも違うし、そんなに話したことなかったから……」

どうしてこう、うまく言葉が出てこないんだろう？

「そんな……わたしなんか、面白《おもしろ》くありませんよ。暗いし、話題もないし」

言ってしまってから、森はしまったと思った。どうして滝川にへりくだる必要があるのか？

確かにわたしは人を喜ばせる話題に不足している。けれど、面白い人間がえらいのか？　そんな森の独特な気負《きお》いを知ってか知らずか、滝川はにっと笑った。

「えっへっへ、実は俺もなんだ。森ってさ、仕事一筋《ひとすじ》なところあるだろ？　だから俺、なにを話していいかわからないんだ。軽蔑《けいべつ》されるのこわいしさ」

「正直なんですね」

「そ、そうかな？」滝川は照れて頭を掻いた。

「探してみましょう、話題を」

森は言ってから、またしてもしまったと思った。これじゃ誤解される。滝川の噂《うわさ》は一組の友達から聞いている。ロボットオタク。アニメオタク。とどめにゲームオタクだ。ゲームで徹夜《てつや》をしては遅刻しているという。

どう考えても、恋愛の対象には見えない。子どもっぽいし。どうして瀬戸口《せとぐち》さんとか、来須《くるす》さんとか、遠坂さんのようなオトナっぽい男性に誘われないんだろう。……善行《ぜんぎょう》さんはちょっとオトナ過ぎるけど。

しかし滝川は目を輝かせて、「それ名案《めいあん》！」と叫んだ。子犬のような元気の良さだ。

「実は博物館のチケット、用意したんだ。たまにはこういうのもいいかなと思って」

「そうですね……」

プラネタリウムの開演《かいえん》まで時間があったので、滝川と森は適当に展示品《てんじひん》を見ることにした。

戦争を身近《みぢか》に感じると、人はより刹那《せつな》的な娯楽《ごらく》を求めるのだろうか、博物館は人気《ひとけ》がなかった。薄暗く、深閑《しんかん》とした空間に、ふたりの靴音《くつおと》だけが響く。

森はこうした雰囲気《ふんいき》が嫌いではなかった。時間をかけ、丹念《たんねん》に展示物を見るのは好きだ。

「なんだか心が落ち着きますね」

森は原生人類《げんせいじんるい》の模型《もけい》をしげしげと見つめながら言った。原人《げんじん》の一家が、石器で生肉《なまにく》を切り分けている一家団欒《いっかだんらん》のジオラマである。

「そ、そうだな……」

滝川は「特別展示・ネアンデルタール人の生活」と記《しる》された題字を見て、首を傾《かし》げた。

「ネアンデルタール人は旧人と呼ばれ、わたし達の祖先である新人の前段階と考えられてきましたけど、最近の学説《がくせつ》ではどうも違うらしいんです」

「そう」

「別系統《けいとう》の人類である可能性が高いんですって。ある時期、ネアンデルタール人はわたし達の祖先と並立《へいりつ》して繁栄《はんえい》を競《きそ》ったらしいです。それで、生き残ったのがわたし達の祖先というわけですね」

森は淡々と話し続けた。滝川は森の横顔を盗《ぬす》み見た。自分の内面に話しかけるような穏やかで静かな表情だ。話自体には興味《きょうみ》はなかったが、ずっと横顔に見入っていたかった。

「……あの、聞いてます？」

森はついしゃべり過ぎたことに気づいて、顔を赤らめた。好きな話題となると、聞き手のことも忘れて夢中になってしまう。

滝川君、ウンザリしているだろうな、と思いながらちらちらと見た。

「聞いてる聞いてる。面白いじゃねえか。もっと話してくれよ」

「……じゃあ、ホモ・ギガンテスって知ってます？」

「怪獣みたいな名前だな」

「……一九三〇年代、北ヨーロッパのとある渓谷《けいこく》で巨大な骨片《こっぺん》が発掘《はっくつ》されました。発見した学者は、その骨片から、全長五メートルに及《およ》ぶ人体の模型を造り上げ、巨人族の存在が立証《りっしょう》されたって発表したんです。学界は大騒ぎとなって、真っ赤な偽物《にせもの》とする者、人類学史上最大の発見とする者で賛否《さんぴ》が分かれたんです。今でも論争《ろんそう》を続けていると思いますけど、その巨人はホモ・ギガンテスと名づけられました」

「信じられねえ話だけど、考えてみりゃ幻獣だって信じられねえ生き物だよな。なにがあっても不思議じゃないって気がするよ」

「あ……滝川君もそう思う？　わたしも同じ。新人と旧人の時代より、年代をさかのぼるんだけど、やっぱりホモ・ギガンテスも人類の一派《いっぱ》と考えていいと思います。それでどの系統が栄《さか》えるか、淘汰《とうた》が行われたと思うのね。ホモ・ギガンテスは競争に勝ち残るため、巨人化する道を選んだんです」

「巨人化する道？」

「人類の特長《とくちょう》は発達した脳《のう》を持つことだけど、生まれてくる胎児《たいじ》の脳は小さくて、成長するまでに長い時間がかかりますよね。これが人類の弱点のひとつ。外敵に対して胎児は長い期間、保護されなければならない。ところがギガンテスは、巨人化することで、胎内で脳を成長させ産《う》み落とすことができるようになった。当然、通常の人類に比べて胎児の成長は早く、ライバルに対して大きな利点《りてん》を持つことができた、と言われています。けど、何故か巨人族は滅《ほろ》んでしまった。……なんだか皮肉《ひにく》ですよね。わたし達は伝説の巨人をよみがえらせ、戦いに使う」

森は沈んだ表情になった。昨夜《ゆうべ》の話を思い出したのだ。心を持つ兵器。生体脳は閉ざされた闇《やみ》の中で意識を保《たも》ち、考え続けている。巨人はなにを考えているだろうか？

「どうしたんだ、森……？」

滝川が顔をのぞきこんできた。森は滝川の視線を避《さ》けて、ぽつりと言った。

「きっと悲しんでいるんでしょうね、二番機は」

「えっ？　二番機がどうしたって？」

「大介から聞いたの。滝川君、二番機と自由に話すことができるんですってね。本当なの？」

あらたまって尋ねられると、滝川は答えに窮《きゅう》してしまう。二番機と、普通の人間と同じように会話ができるかと尋ねられれば答えはＮＯだ。

ただ、感じるだけだ。二番機の側に座って話していると、言葉ではない相手の感情が心にしみこんでくる。時に悲しい思いがするし、時に慰められるような気分になる。からかわれていると感じることさえある。

「話せるなんて……そんな大げさなモンじゃないけど。なんとなくわかるんだ」

「わかる……？」

「感じるっていうのかな。それ以上はうまく説明できねえ。ただ、さ……嫌な思いをしたことはないぜ。二番機は俺の親友なんだ」

「そう。よかった」

森はつぶやくと、近くのベンチに座った。下を向いて、考えこんでいる。ためらったあげく、滝川も並んで腰を下ろした。

「前に田代《たしろ》さんのことがあったでしょ。あの時から、ずっと引っかかっていたの」

田代さんのこと、とは指揮車整備士の田代香織《かおり》が、二番機をジャックして出撃《しゅつげき》した事件だ。なんのためにそんなことをしたのか、田代は頑《がん》として口を割らなかったが、整備員にとって最大の謎は、二番機が田代を受け入れたことだった。士魂号は誰にでも乗れるわけではない。神《しん》経接続《けいせつぞく》を通じてパイロットと士魂号は脳を共有《きょうゆう》する。神経接続の際、士魂号の側でパイロットの脳のIDというべきシナプス、ニューロン結合の認証《にんしょう》が行われ、これをクリアしなければ起動《きどう》はしない。シナプス、ニューロン結合が一致《いっち》する人間など、たとえクローンであってもあり得ないからその認証は絶対的なはずだった。

「あの時はまいったぜ。俺の二番機があんな暴力女にいいようにされて。あとで聞いてみたんだ。俺と田代とどっちがいいのかって。そうしたら……」

「そうしたら?」

「無視しやがった」

森の表情が和《やわ》らいだ。口許《くちもと》がほころんで、やがて下を向きくすくすと笑いはじめた。

「まったくむかつくよな」

「ご、ごめんなさい」

「森に言ったんじゃねえよ。あの暴力女と二番機のことさ」

「ほんのちょっぴりだけ、救われる思いがします。暗闇の中で一匹だけ蛍《ほたる》を見つけたって感じ……滝川君って、優等生じゃないけど、やさしいんですね」

こう言われて滝川は顔を赤らめた。森の話は半分もわからない。けれど、今の森はなんだか嬉しそうだ。それならそれでいいや、と滝川も嬉しくなった。

左手の多目的結晶《たもくてきけっしょう》が時間を告《つ》げた。滝川は、はっと我に返った。

「そろそろプラネタリウムの時間だぜ」

「はい」

その時、サイレンが鳴り響き、館内《かんない》放送が流れた。

「ただ今警戒警報《けいかいけいほう》が発令《はつれい》されました。所定《しょてい》の避難《ひなん》場所へ避難してください。繰り返します。ただ今……」

同時に多目的結晶を通じて非常呼集《ひじょうこしゅう》がかけられた。滝川と森は顔を見合わせた。

「走るけど、いいか？」

「はい、大丈夫《だいじょうぶ》です」

ふたりは靴音《くつおと》を響かせて走り去った。

整備テント隅のパイロット溜《だ》まりに駆けこむと、厚志が顔を上げた。ウォードレスを身につけている最中である。

「あっ、滝川。どうだった？」

滝川はにやけそうになる表情を引き締め、ウォードレスを手に取った。

「嬉しそうだった、かな。整備テントまで一緒に走ってきた」

「へえ、よかったね！　あとで話を聞かせてよ。茜もきっと知りたがっているよ」

厚志と別れると、滝川は二番機のコクピットに向かった。整備員の狩谷《かりや》夏樹《なつき》と田辺真紀が機体の最終チェックを行っている。

「や、どうも。最近、出撃が多くなって困るよな」

声をかけられて、ふたりは滝川を見た。

「他の機体に比べると二番機はベストの状態にあるよ。君のパイロットとしての最大の取《と》り柄《え》は機体に傷をつけないことだな」

狩谷は皮肉《ひにく》混じりに言った。車椅子《くるまいす》というハンデこそ背負《せお》っているが、狩谷の仕事ぶりは優秀だった。

「へへ、それが一番だって。なあ、田辺」

滝川に水を向けられて田辺は口ごもった。

「え、ええ……滝川さん、なにかいいことあったんですか？」

「へっへっへ、秘密、秘密」

ふたりに笑いかけ、滝川はコクピットにすべりこんだ。狩谷と田辺は顔を見合わせた。

「悪い予感がする。あいつ、死ぬんじゃないか」

狩谷がぼそっと言うと、田辺が珍《めずら》しく色を成《な》して怒った。

「そんなことを言ってどうするんです！　パイロットの無事《ぶじ》を祈るのも整備の仕事です」

「ははは、そうとんがらないで。僕はただ、滝川みたいなタイプは、気分に影響《えいきょう》され、集中を切らしやすい、そう言っているだけさ」

こう言われると田辺も反論できない。滝川には確かにそういうところがある。

「二番機お願いします」

森の声が拡声器から流れた。


エンジンのアイドリング音が聞こえる。

微細《びさい》な振動が車内に伝わって、かたかたと奇妙《きみょう》な音を響かせている。ペットボトルの緑茶《りょくちゃ》が激しく揺れた。長時間乗っていると、けっこう胃《い》に堪《こた》える。

戦争が終わるまでもってくれればいいが、と司令の善行忠孝《ぜんぎょうただたか》は思った。

精密機械《せいみつきかい》を満載《まんさい》している指揮車に本来なら振動や揺れなどはない。が、ボルト一本を締め忘れるだけでも、車体のバランスは損《そこ》なわれ、こうした不具合《ふぐあい》が発生する。生産ラインさえしっかりしていれば、と善行は残念に思った。

「準備完了《かんりょう》。いつでも発進できます」

オペレータの瀬戸口隆之《せとぐちたかゆき》が声をかけてきた。

「けっこう。それでは石津《いしづ》さん」

善行が指示を出すと、運転席の石津萌《もえ》がこっくりとうなずいた。石津は衛生官《えいせいかん》と指揮車の銃手《じゅうしゅ》を兼《か》ねていたが、運転技術の適性を認められ、最近では事務官《じむかん》の仕事が忙しくなった加《か》藤祭《とうまつり》に代わってハンドルを握ることが多い。コミュニケーション能力に問題があり、前線に出すには多少難ありの石津だが、小隊は戦闘員《せんとういん》の数が不足していた。三機の士魂号パイロットはともかく、訓練を受けた戦車随伴歩兵《スカウト》は来須銀河《くるすぎんが》と若宮康光《わかみややすみつ》のふたりきりだし、オペレータの技能を持つ隊員は瀬戸口と東原《ひがしはら》ののみ、他に若干名《じゃっかんめい》がいるに過ぎない。

そんなわけで石津にも頼らざるを得なくなっていた。

不意にハッチが開けられ、金髪の少年が飛びこんできた。

「茜君、どうしたのです？」

善行が声をかけると、茜は息を調《ととの》えて、「僕も行きます」と言った。

「しかし君はトレーラーの方で……」

「整備班は人数が足《た》りているから。僕はオペレータの技能も持っているし、少しは手伝《てつだ》えないかと思って」

善行は意外な、というように瀬戸口と視線を交わした。整備班でも持てあまされ、担当《たんとう》を持たない茜がこんなことを言うとは。やはり彼なりに戦局《せんきょく》の悪化を憂《うれ》えているのか、と善行は少しばかり茜を見直す気になった。

「……それでは君は銃手の席に。オペレータの仕事を見ていてください」

「了解《りょうかい》」

茜は適当な敬礼《けいれい》をすると、銃手席に上がった。

「えへへ、よろしくね、大ちゃん」

仲間が増えた。瀬戸口の相棒《あいぼう》の東原ののみは嬉しそうに茜に笑いかけた。


「最近、出撃が多くなってない？　ここ一週間で四回目だよ」

三番機のコクピットでは厚志が舞に話しかけていた。舞は「ふむ」とうなずいて、

「任務《にんむ》の内容も変わってきた。我《わ》が隊は本来、遊撃《ゆうげき》部隊として各地の戦場に出没《しゅつぼつ》し、敵を急襲《きゅうしゅう》することが役割であった。しかし最近の任務では救援が多くなっている」

過去の出撃記録を参照《さんしょう》しながら言った。

「どういうこと？」

「敵が優勢《ゆうせい》になっている、ということだ。救援として運用される限り、我らに戦場を選ぶ自由はない。あるいはこうも言える。味方の損害が増え、我らを転用《てんよう》して戦線の穴埋《あなう》めをせざるを得なくなっている、とな」

「戦争、危ないのかな？」

「むろん。わたしは中央のコンピュータに侵入《しんにゅう》して各隊の兵員補充率《ほじゅうりつ》を調べようとしたが、プロテクトが厳重《げんじゅう》になっていた」

「舞……！　見つかったら、殺されるよ」

厚志が声をあげると、舞は「ふん」と不敵《ふてき》に笑った。

「案ずるな。侵入経路を特定されるようなミスはせぬ。プロテクトをはずし、調べてみたら興味深い事実がわかった。失われた兵員の充足率は平均して75パーセントまで落ちこんでいた。育成《いくせい》に手間《てま》がかかる戦車兵に限れば40パーセント以下だ。公式にはそれぞれ97パーセントと95パーセントとなっている。さらに笑えるのは、なんでも独立混成小隊《どくりつこんせいしょうたい》なる部隊が多数つくられていることだ」

「やめようよ、そんな話」

厚志は舞の身を案じて言った。いくら舞だって、軍の機密《きみつ》に触れて無事に済むわけがない。この種の情報を探《さぐ》ることは危ない、と感じた。

しかし舞はいっこうに平気な様子《ようす》で、淡々として続けた。

「試《こころ》みにある小隊の隊員達の履歴《りれき》をさかのぼって調べてみたのだが、十七の隊からの寄せ集めであった。書類だけの幽霊部隊もあった。わたしの試算《しさん》では三月に比べ、戦力は80パーセントに低下しているな。凄い数字だ」

舞は冷静に言った。数字を通して戦況《せんきょう》を見ていると、刻一刻《こくいっこく》と破滅が近づいていることがわかる。5121小隊で日常を過ごしていると、こうした状況《じょうきょう》がまったく見えてこない。三機の人型戦車を主力とした試作実験機《しさくじっけんき》小隊は、奇跡《きせき》的な成功を収め、生死の境《さかい》を幸運にも生き残り続けた結果、熊本《くまもと》でも最も有力な部隊となった。

5121小隊の活躍には奇跡《きせき》としか言いようのない要素《ようそ》が大きい。士魂号がこれほど戦えるとは誰もが思わなかったし、厚志をはじめパイロットがこれほど成長し、活躍するとも誰も思わなかった。そして故障が多く、稼働率《かどうりつ》の低い機体を、整備の連中はそれこそ魔術めいた手腕《しゅわん》で動かしている。それだけの顔ぶれが幸運にも揃《そろ》ったということだ。考えられない偶然が重なり、幻獣の天敵《てんてき》が生まれたわけだ。

笑ってしまう――とは舞が最近仕入れた形容詞だが――ほどの幸運のうえに5121小隊は成り立っているのだ。

それを知らないのは当の隊員達だけだ。

「それでは今回の作戦を説明します。現在、山鹿《やまが》戦区《せんく》において歩兵《ほへい》小隊が退路《たいろ》を断たれ、志衛《しえい》館《かん》高校において包囲《ほうい》されています。我が隊の任務は、歩兵小隊を救出し、無事防衛ラインに退《たい》避《ひ》させること。以上です」

善行の声が回線から流れてきた。

「それは何分前の情報か？」

舞が通信を送った。一瞬、沈黙があり、再び善行の声。

「十五分前ですね。出発時には我々は山鹿戦区への出動を要請《ようせい》されただけでした」

「わかった」舞はそれ以上、なにも言わずに黙りこんだ。

「敵の規模《きぼ》は？」壬生屋《みぶや》の声だ。

「スキュラ二、きたかぜゾンビ五、ミノタウロス八、ゴルゴーン三だ。ちょっと厄介《やっかい》だが、壬生屋なら大丈夫さ。幻獣の方から逃げていくよ」

善行に代わって瀬戸口隆之の陽気な声が響いた。

「失礼な！　わたくしをなんだと思っているんですか？」と壬生屋未央《みお》。

「愛と平和の狂戦士さ。皆《みな》がおまえさんを頼りにしているよ」

また瀬戸口が壬生屋をからかいはじめた。

「えっ、そんな。頼りにしているなんて。わたくしの方こそ皆にご迷惑を……」

「なんだ、オペレータってこんなことしゃべってればいいの？　もっと大変な仕事かと思った」

瀬戸口に代わって意外な声がした。茜だ。どうして戦闘指揮車にいるのか？

「どうしたんだ？　そんなところで」

滝川は唖然《あぜん》として茜に話しかけた。

「まあ、ちょっとした社会見学かな。思ったより難易度《なんいど》が低い仕事だよな」

茜はしゃらっと言ってのけた。

「ば、馬鹿。瀬戸口さんを甘く見ると……」

言い終わらぬうちに、鈍い音がして耳障《みみざわ》りな音が続いた。

「あ――、こちら瀬戸口。お騒がせしてすまなかった。金髪のサルが一匹指揮車に潜《もぐ》りこんでね。今、動物園に帰したところだ」

「せ、瀬戸口さん、まさか茜を」

「ははは。いくら俺だって走行中の指揮車から放り出すようなまねはしないさ。ただ世間知《せけんし》らずのサルに人間社会の礼儀《れいぎ》ってやつを教えたまでだ」

瀬戸口はますます陽気になって言った。


「……馬鹿大介」

森が忌々《いまいま》しげにつぶやいた。森は補給車のハンドルを握っていた。助手席には整備班主任《しゅにん》の原素子《はらもとこ》が座っている。

「そうねえ、あんまりお利口《りこう》さんじゃないわね」

原が森の言葉を引き取った。

「すみません。あの子、どうも不器用なところがあって」

「不器用っていうよりなにかが抜けているのね。なにかあったら戦車随伴歩兵に転属《てんぞく》よ」

「ま、待ってください。大介がまともに戦えるわけは……」

焦《あせ》りまくる森を横目に、原は声をあげて笑った。

「嘘《うそ》よ、嘘。指揮車に搭乗《とうじょう》する許可を出したのはわたしよ。善行がどんな顔するかと思って」

「はぁ……」

善行さん困っているだろうな、と森は顔を赤らめた。


防衛ラインでは装輪式戦車が砲列《ほうれつ》を並べて弾幕《だんまく》を張っていた。

小隊は所定《しょてい》の位置に展開《てんかい》し、士魂号はトレーラーから次々と降車した。防衛ラインを守る兵達は三体の巨人を、感嘆《かんたん》の目で見上げた。

滝川にはこの瞬間がたまらなく嬉しく、誇らしかった。

なあ、俺の二番機を見てくれよ。スマートだろ、脚だって速いんだぜ、と拡声器《かくせいき》のスイッチをONにして叫びたい衝動《しょうどう》に駆られる。さすがにそれをやると隊全員のヒンシュクを買いそうなのであきらめてはいるが。

「さあて、いっちょ英雄《えいゆう》になってやるか」

滝川は機嫌良く二番機に呼びかけた。二時間ほど前の余韻《よいん》がまだ残っている。森は頭が良くて可愛くて、最高だ。釣り合うためには大活躍して勲章をもらうしかないな、と思った。

「志衛館高校まで約一キロ。芝村、わかっているな？」

瀬戸口の声が響いた。壬生屋も速水も、滝川も通り越していきなり舞だ。それだけ舞のリーダーシップを信頼しているということだ。

「ふむ。いつものパターンで大丈夫だと思う」と舞は請《う》け合った。

「頼んだぞ」

壬生屋には軽口《かるくち》をたたく瀬戸口も、舞相手だと普通のオペレータになってしまう。

「行くぞ」

舞の声に壬生屋機が真っ先に駆け出した。次《つ》いで速水・芝村機が地響きをあげて駆け去っていく。

戦場は見渡す限りの枯田《かれた》だった。南西の方角、一キロメートルほど離れた低い丘に高校の校舎が見え隠れしている。丘の麓《ふもと》には次々と砲弾《ほうだん》が落下している。味方の支援射撃《しえんしゃげき》だ。しかし効果のほどはわからない。助けてやる。今、助けてやるからな――。

「ぼんやりするな、滝川」

舞の声に滝川は、はっとなった。

「おう」煙幕弾を放つと二番機は動き出した。

「OK、滝川はあと三百メートル直進。その場で待機《たいき》だ」

瀬戸口から通信が入った。一番機と三番機の補助をするいつもの役目だ。

しかし……今日は何故か素直に命令を聞く気になれなかった。俺だけが何故か、いつも地味な仕事ばかりやらされる、と不満に思った。

「一番機、きたかぜゾンビ撃破《げきは》」

東原の声。煙幕のかなたにちかちかと閃光《せんこう》が走った。あいつら、相当に張りきってるなと滝川はじっと前方に目を凝《こ》らした。

「壬生屋、いったん下がれ。敵をあと少し討ち減らしてから再突入だ」

瀬戸口の声が流れてきた。

「待ってください、あと少し……」

壬生屋の切羽《せっぱ》詰《つ》まった声。と、轟音《ごうおん》がして、滝川の網膜《もうまく》にあわただしく光が点滅《てんめつ》した。三番機がミサイルを発射したのだ。

滝川は戦術画面《タクティカル・スクリーン》を参照した。壬生屋機が囲まれている。十体ほどの幻獣を引きつけ、校舎から引き離したまではよかったが、これだけの中・大型幻獣を相手にするのは荷が重い。三番機はミサイルを発射し終えたところだ。討ち洩らした敵を掃討《そうとう》するのに時間を食うだろう。

武装《ぶそう》を確認した。右手にジャイアントアサルト、左手にはバズーカ。これならやれる。二番機は猛然《もうぜん》とダッシュした。煙幕のかなたに、壬生屋機らしき機影《きえい》が見えた。

「加勢《かせい》するぜ、壬生屋！」

通信を送ると、すぐに壬生屋の声が返ってきた。

「助かります。滝川さん」

上空を見上げた。少し距離を置いてスキュラが浮遊《ふゆう》している。滝川はジャイアントバズーカを構えるとロックした。一六〇㎜砲弾が、風切り音を発して空中要塞《ようさい》の巨体に吸いこまれた。間を置いて大爆発が起こった。

よっしゃ、これで楽になるはずだ。壬生屋機に向かっているため、背を見せている幻獣に滝川は片《かた》っ端《ぱし》から射撃を加えた。近距離からの射撃に曳光弾《えいこうだん》は真一文字《まいちもんじ》に飛んで幻獣の背に突き刺さる。壬生屋機と滝川機に挟撃《きょうげき》された幻獣は次々と撃破された。

「なにをしている？」

舞の冷《ひ》ややかな声。振り返ると、三番機は残敵《ざんてき》をすべて片づけていた。

「壬生屋が危なかったから……」

「我らは互いに取り決めをしたはずだ。持ち場を離れてなにをやっている」

「んなこと言ったって、戦いは臨機応変《りんきおうへん》ってやつだろ？」

「そなたに臨機応変は似合《にあ》わぬ。愚直《ぐちょく》であれ。それがそなたの最大の長所だ」

似合わぬ、と言われて滝川はかっとなった。なにをえらそうに。

その時、指揮車から通信が入った。

「気をつけろ。新手《あらて》がそちらに向かった。小隊を救出したのち、撤退《てったい》だ」

煙幕を割って、レーザー光が近くの地面に突き刺さった。滝川の耳に、舞が舌打ちする音が聞こえた。

「まずいな。囲まれたようだ」

「煙幕が切れると面倒《めんどう》なことになる」

厚志の声が響く。誰も自分を責めなかったが、滝川は持ち場を離れたことを後悔《こうかい》した。あの場に残っていれば、もっとすばやく敵に対応できた。場合によっては敵の一部を引きつけ、防衛ラインの弾幕で撃破することができたかもしれない。

三機が三機とも同じ行動を取っていては危ない。滝川は今さらながら実感した。

「俺が敵を引きつける。その間に味方を」

滝川は僚機《りょうき》に通信を送った。

と、指揮車から再び通信が送られてきた。

「なにを馬鹿な。そんな軽装甲じゃ五分と持たない。僕が指示する。滝川、歩兵小隊を守りつつ後退《こうたい》だ」

茜の声だった。滝川は唖然として言葉を失った。

「こら、滝川、聞いているのか？　君は十分によくやっている。英雄だよ。あんなヒステリーの泣き虫の馬鹿姉にはもったいないくらいだ」

「お、おい茜……今はそんなこと言ってる場合じゃ……」

滝川は青くなって通信を返した。

「友人として忠告する。あんな馬鹿姉、やめろ！」

と——、森の声が割って入った。

「大介、あんた自分がなにしているのかわかっているの？　重大な軍規違反《ぐんきいはん》。帰ったら軍刑務所《けいむしょ》に送られるわよ」

　森の声を聞いて、茜はますます興奮《こうふん》したようだ。

「姉さん、滝川の心を弄《もてあそ》ばないでくれ。こいつと出会うまで、僕は友情なんて幻想《げんそう》に過ぎないと思っていたけど、今は違う。滝川は馬鹿で愚《おろ》かで、気が弱いやつだけど、僕なんかよりよっぽど上等な人間だ。姉さんには僕ぐらいでちょうどいいのさ」

「わたしがいつ弄んだっていうの？　そうよ、滝川君はあんたなんかより上等よ。けど、僕ぐらいでちょうどいいってなにさ！　自惚《うぬぼ》れないでよ、イイ歳して半ズボンの変態」

　戦場心理か？　異常な緊張状態に耐えきれず、抑制《よくせい》がぷつりと切れてしまうのか？　ふたりともなにを言っているのか、わからなくなっているようだ。

「ま、待てよ。今は……」

　滝川は泣きたくなった。戻ったら、ふたり揃って銃殺《じゅうさつ》モンだ。

「滝川、右一二〇度、全速で走れ」

　なおもやり合うふたりの声を圧するように、舞の冷静な声が響いた。滝川は一も二もなく、舞の言葉に従うことにした。

　二番機がダッシュすると、足下《あしもと》にレーザー光が突き刺さった。背後で生体ミサイルが爆発した。しかし滝川は言われた通り、ひたすらに走り続けた。

遠ざかってゆく二番機を見送って、舞は壬生屋に通信を送った。

「敵は滝川が引きつけている。今度は壬生屋、三十秒後に防衛ラインに向かって走れ」

「二段構えのフェイントですね」

「そうだ。三番機はその隙《すき》に乗《じょう》じてスキュラをしとめる。大物さえ倒せば、あとは各個《かっこ》に戦闘を乗りきれるはずだ」

「わかりました。それでは参《まい》ります」

一番機が土煙《つちけむり》を上げながら遠ざかった。

「あ——、生き残りの兵に告げる。敵は我々《われわれ》が引き受ける。そなたらは少人数に分かれ、散開《さんかい》して退却《たいきゃく》せよ。それ以上の面倒は見てやれぬ」

今度は舞は校舎に籠《こ》もっている小隊に呼びかけた。ほどなく小隊から返事が返ってきた。

「了解した。ところで、先ほどのあれはなんだ?」

あれとは茜と森の口喧嘩《くちげんか》のことである。

「安心するがよい、単なる戦場神経症《しんけいしょう》だ」

「……そうか」

安心しろと言われても困るのだが。

「なんということを……！」

善行は珍しく険《けわ》しい表情になっている。指揮車内では、瀬戸口と茜が取っ組み合っていた。体力で優《まさ》る瀬戸口がやっと茜を押さえつけたところだった。

東原と石津はこわごわと隅に固まっている。

「くそっ、離せ！　変なところを触るな」

「黙れ、躾《しつけ》の悪いサルめ。俺達は戦争をしているんだぞ」

「だから指示をすると言ったじゃないか。僕は天才だぞ、作戦指示ごときわけはない」

「おまえさんは人を怒らせる天才だよ。大したものだ」

失礼するよ、と言ってから瀬戸口の手刀《てがたな》が茜の首筋《くびすじ》に吸いこまれた。ほどなく茜はぐったりと意識を失った。

「大ちゃん、かわいそう」

東原が泣きそうな目で瀬戸口を見上げた。瀬戸口は、憂鬱《ゆううつ》そうに首を振った。

「悪かった。変なところを見せちまって」


「森……」

原素子はダッシュボードから重たげなものを取り出すと、森の目の前にごとりと置いた。黒光りする拳銃《けんじゅう》だ。森の顔からさあっと血の気が引いた。

「わ、わたし、嫌ですこんな……！」

「自衛軍だったら銃殺ものよ。潔《いさぎよ》くこれで」

「くっ」

森は嗚咽《おえつ》を堪《こら》えた。しかし堪えきれず、わああと声をあげて泣きじゃくりはじめた。

「死ぬのは嫌っ、嫌ですっ！」

「ほほほ、ちょっと薬が効き過ぎたかしら。冗談《じょうだん》よ、冗談。まったく信じやすい子なんだから。わたしが大事な副主任を見捨てると思う？」

「先輩……」

森は涙をぬぐった。先輩、あなたはやっぱりわたしの憧れです。二度と大介を野放《のばな》しにしません。帰ったら檻《おり》にでも閉じこめておきます。

「だけど帰ったら、懲罰委員会《ちょうばついいんかい》は覚悟して」

「あ、はいっ！」

森はほっとして元気良く返事をした。

背後で敵の気配《けはい》が消えた。

二番機は立ち止まると、おそるおそる背後を振り返った。敵影《てきえい》はない。しまった、行き過ぎたか、と思った瞬間、閃光《せんこう》がまたたいた。

生体ミサイル！　滝川はとっさにジャンプすると、横っ飛びに転がった。枯田と畦道《あぜみち》の高低差を盾《たて》替わりとして、腹這《はらば》いになってアサルトを構える。

地響《じひび》き。二体のミノタウロスが左右を警戒《けいかい》しながら進んでくる。距離約二百。先頭の敵に慎《しん》重《ちょう》に狙いを定める。距離百五十。敵とこれほど接近して戦うのは滅多《めった》になかった。しかし何故か冷静なままでいられた。

自分の愚かさを嫌というほど思い知った。

「速水や壬生屋って、いつもこんな思いをしてるんだ……」

彼らは生死の境目《さかいめ》で戦っていることをおくびにも出さない。俺はあいつらと一緒に戦えることを誇りに思わないと。滝川は引き金《トリガー》を引き絞った。

ジャイアントアサルトのガトリング機構がうなりをあげて回転する。機関砲弾は低い弾道《だんどう》を保ったまま、ミノタウロスの腹に吸いこまれた。敵はこちらを発見できぬまま、粉砕《ふんさい》された。

二体目のミノタウロスが突進をはじめた。距離五十。ありったけの弾をたたきこむと、ミノタウロスの身体はダンスを踊るように前後左右に揺れた。おびただしい体液を流しながらも、敵は慣性《かんせい》で突進を続ける。二番機はとっさに地に伏《ふ》した。

背後の地面が揺れ、爆発が起こった。

身を起こして、損傷《そんしょう》の有無《うむ》を確かめる。

なるほど、これかと思った。こうして地形を活用すれば、軽装甲の二番機だって戦える。際《きわ》だった操縦技術も必要としないし、装甲に頼ることもない。戦場の遮蔽物《しゃへいぶつ》を装甲替わりに使えば済むことだ。

「へっへっへ、なんだかひとつ悟《さと》ったような気分だぜ」

二番機に呼びかけると、「いい気になるな」と返事が返ってきたような気がした。

戦術画面を参照すると、付近に赤い光点《こうてん》がふたつ。

ミノタウロスを先発させるということは、あとに続くのはゴルゴーンかスキュラか？　まだやれる。ついでに片づけてやろうと姿勢を低くして待った。

それにしても……ふと滝川の脳裏《のうり》に茜のことがよみがえった。

どうして茜はあんなことをしたんだ？　無茶苦茶《むちゃくちゃ》だ。それに森だって。あれはいつもの森じゃなかった。あいつら戻ったら、ただじゃ済まないだろうな。

俺が悪いのか？　待てよ……茜のやつ、姉さんを取られちまうと思ったのか？　それってなんて言うんだっけ？

不意に空中で光が点滅した。滝川が声をあげる間もなく、二番機の左脚に衝撃《しょうげき》が走った。

「ち、ちっくしょう……」

滝川はジャイアントアサルトを構え、連射した。曳光弾が弧《こ》を描き、煙幕のかなたへ消えた。再び左脚に衝撃。くそっ、スキュラか！　滝川は後退して、もっと有効な遮蔽物を探そうとした。と、機体ががくんと前にのめった。脚をやられた二番機はしかたなく、できる限り身をかがめ、敵の高所からの射撃をやり過ごそうとした。

レーザーが枯田の土を掘り返す。地鳴りがして、四脚の幻獣が姿を現した。ゴルゴーン。長射程《しやてい》の中型幻獣だ。滝川は意を決して、身を起こし、ジャイアントアサルトの狙いを定めた。ゴルゴーンがこちらを向いた。ゴルゴーンは撃たれながらも、ロケットを発射した。背の生体ロケットを今にも発射せんとしている。

続けざまに撃った。ゴルゴーンは撃たれながらも、ロケットを発射した。

「くそっ、くそっ、くそっ……！」

滝川は叫びながら、アサルトを撃ち続けた。爆発。同時に二番機もモロに爆風《ばくふう》を受け転倒した。

二番機は転倒したまま背を丸め、スキュラの視界から逃れようとする。

こうして狭く薄暗いコクピットの中で息を潜めていると息苦しくなってくる。前からそうだ。苦しくなって、全身が小刻《こきざ》みに震えてくる。だからなるべく愛機に話しかけたり、一番機や三番機と連絡を取り合って気を紛《まぎ》らわせてきた。

滝川は息を調え、敵に意識を集中しようとした。

肌をピリピリとした感覚が走った。

滝川はがたがたと震えながら、その感覚の正体を探ろうとした。

「……感覚を抑えて、集中し、念じろ？　おまえ……」

滝川は深呼吸《しんこきゅう》をした。前方に目を凝らすとスキュラが勝ち誇ったように宙に浮かんでいる。前へ、と念じた。ずずっと地をする音が聞こえる。左に傾きながらも二番機はゆっくりと身を起こす。待ち構えていたかのように、レーザーがかすめ過ぎていった。

しかし滝川はスキュラに目を凝らしたまま、前へと念じ続けた。

二番機は脚を引きずりながら、前へと進んだ。敵のレーザーは気にならなかった。滝川も二番機も必死だった。二番機はスキュラから三百メートルの距離に接近。

「軽装甲をなめるんじゃねぇぞ！」

ジャイアントアサルトが火を吹いた。


アサルトの銃声に、壬生屋ははっと目を凝らした。

壬生屋の網膜《もうまく》に、無防備にスキュラと対峙《たいじ》している滝川機が映った。

「滝川さん、無茶です」

壬生屋機は超硬度大太刀《ちようこうどおおたち》を引っ提《さ》げ、駆け出していた。


レーザーが肩を直撃した。衝撃がして、機体の肩当てが吹き飛ばされた。

左脚からはおびただしいたんぱく燃料が流出《りゆうしゆつ》している。二番機は立っているのもやっとの状態だった。

再び衝撃。二番機は堪えようとしたが、仰向けにゆっくりと倒れこんだ。滝川の目にまばゆく光る銀色の剣《つるぎ》が映った。

大爆発が起こった。濛々《もうもう》たる黒煙に視界を閉ざされ、滝川は愛機とともに横たわった。


「……滝川君？」

気がつくと保健室の白いシーツの上に寝かされていた。蛍光灯《けいこうとう》の光がまぶしく、滝川は目を細め、声の主《ぬし》を確かめた。森が涙顔で呼びかけていた。

「無茶ばっかりして。……機体を修理《しゅうり》する身にもなってください」

「へへっ、森らしいや。二番機はどうなった？」

「はい。脚部《きゃくぶ》を交換すればなんとかなります。ただ、細かな損傷箇所《かしょ》がたくさんあって、狩谷君が怒っていましたよ」

「よかった。あいつと別れずに済んで。……仕事はいいのか、森？」

「すぐに行きます。あの…」

森はもじもじしている。沸点《ふってん》に達したかのように顔が赤くなった。

「いろいろごめんなさいね。弟は子どもだから」

「謝ることはないだろ。茜は俺のために頑張ってくれたんだと思う。ちょっと頑張り方がまずかったけど。けど、おまえらって本当に仲がいいんだな」

「そんなことは……」

絶句《ぜっく》する森を見て、滝川はにっと笑った。

ドアがノックされ、厚志と舞が入ってきた。舞は、ふっと笑って滝川の顔をのぞきこんだ。

「な、なんだよ？」

「無茶、無謀《むぼう》、単細胞《たんさいぼう》。回虫《かいちゅう》なみの脳細胞《さいぼう》しか持っておらん。それがおまえだ。今度からは死にたい時は遠慮なく言うがよい。壮烈《そうれつ》な戦死というやつを経験させてやろう」

「舞、滝川は怪我人なんだよ」厚志がたしなめる。

「へっへっへ、いいのいいの。芝村のそんな言葉を聞くのも、悪くねえよ。なんだか生き延びたんだなって気になる」

「ふむ。甘えておらんでさっさと治せ。治ったら一発殴ってやる」

またしてもノックの音が聞こえ、「お邪魔《じゃま》します」と壬生屋が顔を出した。

「ご無事でよかったです、滝川さん」

壬生屋はやさしく言った。

「壬生屋さんが助けてくれたんだよ。一生、頭が上がらないね」と厚志。

「いえ、当然のことですわ。……あの、ドアの前に茜さんが立っていて、お誘いしたのですけど、あわてて走ってゆかれました」

「あの馬鹿……」

森が頬を染めた。

「その…、わたし、大介を引っ張ってきます」

挨拶《あいさつ》もそこそこに森は保健室を出ていった。


数日後、滝川は整備員詰所《つめしょ》の前を通りかかった。

なにやら争っている声が聞こえた。何気なく耳を澄ますと、茜の声が聞こえた。

「くそっ、どうして僕がこんなことを！　人材《じんざい》の無駄遣いだ。僕は断固《だんこ》として抗議《こうぎ》するぞ」

「つべこべ言わないで、さっさとモップがけ済ませてよ。あんたと違って、わたしには仕事が待っているんですからね！」

森だ。滝川がそっと窓からのぞくと、モップを手にしてふたりが言い争っている。少し離れたところで衛生官の石津が無表情にふたりの「作業」を見守っている。

茜と森は小隊懲罰委員会にかけられ、十日間の強制労働《きょうせいろうどう》に処《しょ》せられていた。衛生官の石津の管理下、過酷《かこく》な清掃《せいそう》作業に従事《じゅうじ》しなければならない。

「忙しいのは僕も同じだ。姉さんだけの専売特許《せんばいとっきょ》じゃないぞ！」

「へええ、どんな仕事が待ってるの？」

「二番機の修理を手伝う。狩谷のやつがつべこべ言ったら、殴ってでも手伝《てつだ》ってやる」

「だめよ、あんたは戦車随伴歩兵に転属することになっているの」

森は澄ました顔で言い放った。

「えっ……嘘、だろ？」茜は絶句して視線を宙にさまよわせた。

「来須さんや若宮君に鍛《きた》えてもらって、少しは男らしくなりなさいよ」

「嫌だ、絶対に嫌だっ！　脳味噌《のうみそ》が筋肉になってしまう。姉さんはそんなこと許せるのか？」

「本当にあんたは馬鹿ね。そんな貧弱《ひんじゃく》な身体《からだ》で戦車随伴歩兵が務まるわけないでしょ」

「だ、だましたな！」

茜は興奮してモップを振り上げた。森もモップを振り上げ、応戦をはじめた。

滝川はため息をついて、そっと窓から離れた。

羨ましいな、と思った。森があんな風によそゆきじゃない顔を見せてくれたら嬉しいんだけどな。俺がもう少しましなやつになったら、デートの続き、しようぜ、森。それまで俺、頑張って生き延びるから。

滝川は二番機が待っている整備テントに足を向け、歩み去った。

第三話

未央の世界

四月二十日　　　晴れ

彼女と出会ったのはほんの偶然なんだ。このご時世にオープンカーなんて珍しいな、と思って車を見ていたら、彼女に観光ホテルへの道を尋ねられて、案内してあげたってわけ。「ねえ君、ひとりで食事するのってそれは寂しいものよ。わたしを助けてくれないかしら?」なんて言われると、つい、ね。彼女みたいな美人がひとりで食事する姿なんか想像したくもなかったし。それからつき合いがはじまった。互いにプライベートなことに触れないのがルールだった。彼女、いつもひとりだった。ひとりに慣れている人間ってわかるんだ。俺も同じだから。……彼女、幸せになってくれるといいな。

（瀬戸口隆之。東原ののみとの会話より）

壬生屋未央《みぶやみお》は新市街《しんしがい》を散策《さんさく》していた。

熊本《くまもと》一の賑《にぎ》わいを誇《ほこ》る通りだが、ここひと月の間でめっきり寂しくなってしまった。

あのワンピースを買ったブティックは閉店し、アクセサリーの店も在庫《ざいこ》一掃《いっそう》セールを行っている。皆《みな》、本州《ほんしゅう》に避難《ひなん》するつもりなのだろう。

戦局《せんきょく》が悪化していることは薄々《うすうす》気づいていた。繁華街《はんかがい》を歩くと、シャッターを下ろした店が目立つし、行き交う人も少なくなっている。目につくのは自衛軍《じえいぐん》の兵士と学兵《がくへい》の姿だけだ。

黒い月が出現し、幻獣《げんじゅう》との戦いがはじまってから五十年。生まれてからずっと戦争の影のもとで暮らしてきた。

昔はもっと豊かだった、あなた達はかわいそうだとおとなは言うが、そんなことを言われても困ってしまう。たとえどんなに昔がよくて今はだめでも、壬生屋にとっては今が大切だ。それに——自分が明日《あす》も生きている保証はなかった。だから壬生屋にとっては、今、この瞬間がかけがいのない時間だった。

すれ違う人は皆《みな》、壬生屋の胴着《どうぎ》姿《すがた》に驚き、中にはなにやらささやく者もいるが、そんなことにはもう慣れっこになっていた。

以前いた部隊では、イジメを受けたこともある。彼らと違っていることが許せなかったらしい。結局《けっきょく》のところ壬生屋は問題児扱いされ、5121小隊に転属《てんぞく》になったが、自分ではなんらやましいことはしていないと思っている。胴着を着るのは武道師範《ぶどうしはん》の家柄《いえがら》で、幼い頃《ころ》から着慣れていたからに過ぎない。それに胴着は日本女子の誇りだ。

（ふふふ、巫女《みこ》さんじゃありませんよ）

学兵のひそひそ声が聞こえて、壬生屋は思わず微笑《びしょう》を洩《も》らした。

ムーンロードと呼ばれる目抜《めぬ》き通《どお》りを歩くうちに一軒の屋台《やたい》を発見した。

甘いクリームの香《か》がただよってくる。さらに小麦粉に卵と砂糖を混ぜた生地《きじ》を焼くふくよかな香が壬生屋の胃《い》を刺激した。

これがクレープというものであることを壬生屋は知らない。ただ、カラフルな色彩《しきさい》で飾られた店と、濃厚《のうこう》なクリームの香《かお》りから、女子《おなご》向けの店であると壬生屋は判断した。

壬生屋はそっとあたりの気配《けはい》をうかがった。幸《さいわ》いなことに通行人は途切《とぎ》れている。壬生屋はじりじりと屋台に接近した。

壬生屋にとって買い食いは恥《は》ずべき行為《こうい》だった。

何故《なぜ》、恥ずべき行為なのかは、そのように躾《しつけ》られてきたからだ。戦死した兄が子どもの頃、たこ焼きを買い食いして死ぬほど折檻《せっかん》されたことがある。

しかし、乙女《おとめ》の胃袋が甘いものを、間食の常道《じょうどう》というべきファストフードを求めていた。

壬生屋は屋台の前を行きつ戻りつして、真剣に考えはじめた。

わたくしは道をはずれようとしている。

しかし、わたくしは戦いに生きる身。内容の空疎《くうそ》な建前《たてまえ》は戦場では意味を成《な》さない。空腹《くうふく》の時には食べ、体力を維持《いじ》することは戦士の義務ではないか？

いいえ、それにしたって空腹ならばどこかの店に入り、座って行儀《ぎょうぎ》良く食べるのが正しい道ではないか？　食べ物自体が問題なのではない。食べる姿勢に問題があるのだ。自然の恵みに感謝し、つつがなく健康に食べられることに感謝する。こうした謙虚《けんきょ》な心持ちが大切なのだ。そして突っ立ったまま食べるよりは、きちんと座って食べる方がより謙虚に見える。

けれど……と壬生屋はクリームの香りに引き寄せられながら考えた。感謝の心さえ失わずにいれば、許されることではないか？

あきれ顔の店主の前で、壬生屋は二度三度うなずいた。

（試してみる価値はあるわ）

動悸《どうき》がした。壬生屋は深呼《しんこ》吸《きゅう》するとつかつかと屋台に歩み寄った。

「あの……ひとつ、ください」壬生屋は緊張に震える手で硬貨《こうか》を出した。

ほどなく壬生屋は路地裏《ろじうら》に入って、人目《ひとめ》を忍《しの》ぶようにしてクレープを頰張《ほおば》った。

甘く香《こう》ばしい風味が口いっぱいに広がった。勇気を出して良かった、と壬生屋は幸せな気分に浸《ひた》った。

聞き覚えのある声がした。

「……泳ぐのを忘れてずっとあなたを見ていた。俺もまだまだだよね」

「お世辞《せじ》でも嬉《うれ》しいわ。今日《きょう》はむしゃくしゃした気分だったの。あなたってこういう時、やさしいのよね。わたし本気になっちゃいそう」

「ははは。光栄《こうえい》だけど、あなたには帰る場所があるじゃない」

「……そうね。寒々とした場所だけど」

この声はもしかして……。壬生屋はあわててクレープを後ろ手に隠し、気配を殺した。瀬戸口隆之《せとぐちたかゆき》の長身がすぐ横を通り過ぎていった。隣《となり》にはシックな黒のワンピースに身を包んだ女性がいた。年は二十代半《なか》ばくらいだろうか、帽子《ぼうし》を被《かぶ》ってサングラスをしている。色白の顔にさりげなく引いたルージュが映《は》える。まるで芸能人みたいだ、と壬生屋は思った。

ふたりの後ろ姿を見送りながら、壬生屋は急にもの悲しい感情にとらわれた。ああいう格好《かっこう》をして、ああいう会話ができるようにならないとだめなのか？

あの独特な雰囲気《ふんいき》。親密《しんみつ》そうでいてお互《たが》いに距離を取っている、と壬生屋はそれだけは敏感《びんかん》に察した。ふたりとも心の底になんというか、おとなの憂鬱《ゆううつ》というものを持っている。

それに比べてわたくしは子どもだ。壬生屋はじっとクレープを見つめた。幸せな気分は一瞬にして吹き飛んだ。

翌日《よくじつ》の放課後、壬生屋は引き寄せられるように校門へと向かった。

植えこみの陰からのぞいてみると、いつものように瀬戸口が校門わきの芝生《しばふ》に寝そべっていた。目を閉じて眠っているように見える。

(わたくしはなにをしているのだろう……)

そう思いながらも、根が生《は》えたように植えこみの陰から動けずにいた。

「隠れてないで出てこいよ」

いきなり声をかけられてどきりとした。

瀬戸口は物憂《ものう》げに言った。

「そんなところに隠れていると人に怪《あや》しまれるぞ」

こう言われて、壬生屋は急いで瀬戸口の横に座った。

「あの……わたくし、たまたま瀬戸口さんをお見かけして。それでご挨拶《あいさつ》しようと思ったのですが眠っているようでしたので、声をかけようかどうしようか迷ってしまって……決して隠れていたわけではないのです」

壬生屋は顔を赤らめながら、早口に言った。瀬戸口は黙って目を閉じたままだ。

「本当に偶然なんです」

瀬戸口は片目を開けて壬生屋を見た。

「ま、いいけどさ。昨日《きのう》よく眠れなかったんだ。昼寝の邪魔《じゃま》をしないでくれ」

「は、はい、わたくしにお構いなく」

壬生屋は正座《せいざ》をしたまま、ちらちらと瀬戸口の寝顔を盗み見た。しばらくして瀬戸口は寝そべったまま壬生屋に首を向けた。

「で、俺になにか用？」

「ええと、その……用というほどではないのですが」

壬生屋が口ごもると、瀬戸口は冷《ひ》やかすように笑いかけた。

「ああ、わかったぞ。そんなに俺の側《そば》にいたいってわけ？　言っておくが、俺はひどい男だよ。女性の心を踏みにじるなんて平気でやっちゃうよ」

「そんな……」

「悪いことは言わない。俺に惚《ほ》れるのだけはやめろ。おまえさんにふさわしい男は他にいる、そうだな、俺と違ってまじめでやさしくて、一生懸命《いっしょうけんめい》なやつ——」

「馬鹿にしないでくださいっ！」

壬生屋は自分でもびっくりするほどの大声を張りあげていた。

「確かにわたくし、瀬戸口さんから見れば子どもですわ。しゃれた会話もできないし、サングラスに黒いワンピースなんて似合《にあ》わないし！　どうせわたくしは子どもと仲良くするのが似合いだ、ふさわしいってそうおっしゃるんでしょう！」

怒りと恥ずかしさのあまり、壬生屋の頬は紅潮《こうちょう》していた。なにを言っているのかわからなかった。言いながら、めちゃくちゃなこと言っているんだろうなと思ったが、これまでに抑《おさ》えつけてきた感情がどっと流れ出していた。

瀬戸口はあっけに取られてそんな壬生屋を見つめていたが、やがて身を起こすと、冷たい笑みを浮かべて言った。

「俺達を見かけたのか？」

「昨日、新市街でお見かけしました。あんな年上の女性と……不潔《ふけつ》ですっ！」

言ってしまってから、壬生屋は後悔《こうかい》した。

「それで？」

「あの……」

壬生屋は口ごもった。なんて言えばいいのか、頭の中が真っ白になっていた。軽蔑《けいべつ》された！　そんな思いだけがぐるぐるとまわっていた。

瀬戸口の目に、もどかしげに言葉を探す壬生屋が映った。真っ赤になって、自分で引き起こした泥沼《どろぬま》状態から抜け出そうと焦《あせ》っている。不器用《ぶきよう》だ。とてつもなく不器用だ。

しかしそこが壬生屋の魅力的なところだ、と一瞬頬がゆるみかけたが、瀬戸口は表情を引き締めた。だめだ。こんなことだから、壬生屋を苦しめてしまうのだ。

「そんなことを言うためにわざわざ来たってわけか？　言っておくが、俺は誰にも迷惑はかけていないつもりだ。俺に構うな」

瀬戸口の冷静な目に見つめられ、壬生屋は下を向いた。どうしてわたくしはこうなんだろう？　感情を抑えきれず、人に嫌われてばかりいる。

「ごっ、ごめんなさいっ！」

壬生屋は謝ると、ぱたぱたと草履《ぞうり》の音を響かせて駆け去った。

壬生屋が去ってから、瀬戸口はほっと息をついて芝生に寝そべった。

俺はよほど壬生屋に弱いらしい、と思った。ああも一生懸命な感情をぶつけられると、気圧《けお》されるものを覚える。下手《へた》をすると自分の領域《りょういき》から強引に引きずり出されて、壬生屋と向き合わなければならなくなる。

傍観《ぼうかん》を決めこんでいたい瀬戸口には苦痛《くつう》だった。

瀬戸口は物語の主人公と関《かか》わりたくなかった。主人公を陰ながら助け、その行く末を見届けることはできるが、それ以上はだめだ。……はるか大昔、主人公と正面から向き合ったあげく、身も心も千切《ちぎ》れんばかりの思いをした。時間が経《た》つにつれ、その傷は癒《い》えるどころか、未《いま》だに自分を臆病《おくびょう》にし、がんじがらめに縛《しば》りつけている。

「……かくして臆病者の騎士《ナイト》は、眠れる美女の前から一目散《いちもくさん》に逃げ出しましたとさ。めでたしめでたしってやつだな」

瀬戸口はつぶやくと、葉っぱを銜《くわ》え、空を見上げた。

「退屈《たいくつ》な話ね」

あわてて声のした方角を見ると、原素子《はらもとこ》が樫《かし》の木の陰からにこっと笑いかけてきた。

「あなたが来る前から。ここなら落ち着いて整備資料《せいびしりょう》に目を通せるし。壬生屋さんに気づくのにわたしに気づかないなんて、不公平じゃない？」

瀬戸口はばつの悪い顔になった。壬生屋も苦手《にがて》なら、原も苦手だ。立ち上がり、服についた草を払《はら》うと、場所を代えようとした。

「仲良きことは美しき哉《かな》、なんちゃって。青春ね——」

「……俺はあいつを傷つけたくないだけですよ」

茶化《ちゃか》されて瀬戸口は忌々《いまいま》しげに言った。

「違うわね。それって男の決まり文句《もんく》。あなたが傷つきたくないだけでしょ？　けどプライドがあるからそんな理屈《りくつ》でごまかすの。今、自分で認めたじゃない、臆病者だって。最近はそんな男ばっかりで困るわ」

ずけずけと言われて瀬戸口は苦笑した。

「原さん、俺と誰かさんを一緒《いっしょ》にしてませんか？」

「さあね……言っておくけど、わたしはあの娘《こ》を気に入っているの。今時《いまどき》、あんなに不器用で不細工《ぶさいく》でまっすぐな娘はいないわ。天然記念物《てんねんきねんぶつ》よ。泣かせたら、わたしが許さないからね」

「許さないって……」

「いつのまに……？」

これは相当に少女漫画的なシチュエーションだぞ、と瀬戸口は辟易《へきえき》した。原はひと昔前の少女漫画に出てくる「お姉さま」のように、意地《いじ》悪《わる》な半面《はんめん》、面倒見《めんどうみ》が良いところがある。

「ご忠告《ちゅうこく》、感謝します」

瀬戸口が足早に去ろうとすると、原の言葉が追い打ちをかけた。

「忠告じゃないわ。警告《けいこく》よ」


「……繰り返します。有力な敵が市内へと迫りつつあります。防衛《ぼうえい》ラインに到達後、士魂号《しこんごう》はただちに展開《てんかい》してください」

善行司令《ぜんぎょうしれい》の通信が聞こえる。壬生屋はコクピットの中から、何度も出撃《しゅつげき》してもう馴染《なじ》みになった風景をぼんやりと眺めていた。県道沿いに丈《たけ》の低い住宅が建ち並ぶ郊外《こうがい》の風景だ。しかし今はどの家も人気《ひとけ》がなく、庭の植木だけが旺盛《おうせい》に生《お》い茂《しげ》っている。

「壬生屋、聞こえるか、壬生屋……」

「はい、壬生屋です」壬生屋はあわてて通信を返した。

「何度か呼びかけたのだが、具合《ぐあい》でも悪いのか？」

芝村舞《しばむらまい》の声だった。

「いえ、大丈夫《だいじょうぶ》です。なんでしょう？」

「今回はけっこうきつい戦いになる。滝川《たきがわ》が怪我《けが》で休んでいるからな。ゆえに防衛ラインから離れず、敵を引きつけ、たたく作戦を取りたい」

「すみません。もう一度お願いします」

「敵中への突進《とっしん》はなし、戦闘開始後すぐにミサイルで一挙《いっきょ》に敵を殲滅《せんめつ》する作戦もなしだ。ほどほどに敵を削《けず》ってから攻勢《こうせい》に出よう」

「……わかりました」

壬生屋は首を傾《かし》げながらもそう返事していた。突進はなしとすると、大太刀《おおたち》だけで戦う自分はどうなるのか？

「そろそろだ、壬生屋。調子《ちょうし》はどうかな？」

瀬戸口の陽気な声に、壬生屋はどきりとした。あれから一度も話をしていない。瀬戸口と鉢《はち》合《あ》わせをしないよう、教室に入る時も様子《ようす》をうかがった。

「……調子はいいです」

「あと一分で防衛ラインに到着する。油断《ゆだん》するなよ」

心なしか瀬戸口の口調《くちょう》が硬いように思える。やはり嫌われているのか？　脳裏《のうり》にそんな考えが浮かんで、壬生屋はあわてて打ち消した。

戦場は市街地だった。東西に丘陵《きゅうりょう》が迫り、県道《けんどう》を軸《じく》としてわずかな平地に建物が固まっている。何度も攻防《こうぼう》が繰り返された結果、街は瓦礫《がれき》と化していた。

壬生屋の網膜《もうまく》が敵の姿をとらえた。ローター音とともに接近してくる黒い点はきたかぜゾンビだ。距離はおよそ八百。隣では三番機がジャイアントアサルトを構えている。花火が打ち上がるような音がして、煙幕弾《えんまくだん》がかなたに吸いこまれていった。

壬生屋の体は思わず反応していた。

「参《まい》りますっ！」

地を蹴《け》ってダッシュする。またたくまにきたかぜゾンビが拡大《かくだい》される。壬生屋は瞬時《しゅんじ》に敵の高度を測り一番機を跳躍《ちょうやく》させた。

確かな手ごたえ。きたかぜゾンビが空中で爆発する音を聞きながら一番機は着地《ちゃくち》した。

快調《かいちょう》だ。壬生屋は会心《かいしん》の笑《え》みを洩《も》らした。その日の調子は、敵を斬《き》った時にわかる。今日《きょう》は最高に近い。壬生屋の脳内《のうない》にアドレナリンが大量に分泌《ぶんぴつ》された。

敵の弾幕を紙一重《かみひとえ》で避《よ》けながら、壬生屋は次々と敵を撃破《げきは》した。


「なんだと……！」

舞は忌々《いまいま》しげにつぶやいた。壬生屋の一番機は防衛ラインを離れて、派手《はで》な立ちまわりを演じている。すでに三体のきたかぜゾンビが葬《ほうむ》られていたが、後続《こうぞく》する敵は一番機を囲むように展開をはじめた。

壬生屋のたわけめ、なにを焦っている？

「三番機、どうした？　壬生屋の支援《しえん》に行ってくれ」

瀬戸口から通信が入った。

「そんなことはわかっている！」

舞がたたきつけるように言うと、瀬戸口は「そうか」と納得したように言った。

「今日は二番機がいないんだ。だとしたらなおさら危険だ」

「だからわかっていると言ったろう！」


「壬生屋、無理をするなよ。じきに三番機が駆けつける」

最後のきたかぜゾンビを斬り捨てたところで瀬戸口から通信があった。壬生屋は瀬戸口の言葉の意味を考えた。無理をするな？　じきに三番機が……？

わたくしはそんなに頼りないのか。瀬戸口さんは三番機の助けを借りないと戦えないと思っているのか？

考え過ぎだ、と思いながらも壬生屋の心に曇《くも》りが生じた。

「ご心配なく。今日は調子がいいんです」

と言うや壬生屋は瓦礫を掻《か》き分け、敵に向かって進んでいた。ミノタウロスが一体、どうやら孤立《こりつ》しているようだ。壬生屋は一瞬で片《かた》をつけようと思った。

「参ります」

低い声でつぶやくと、瓦礫の陰から躍《おど》り出た。ミノタウロスがこちらを向いた。上段《じょうだん》から敵の肩口《かたぐち》を豪快《ごうかい》に斬り下げる。きたかぜゾンビとは違う重い手ごたえ。敵の体液を浴《あ》びながらも、最後まで刃《やいば》を振り下ろした。

と、前方にもう一体。どうやら気配《けはい》を察して現れたらしい。壬生屋が突進しようとしたその時——衝撃があった。後ろだ。

（まさか……？）

そんなことがあり得るのか？　ミノタウロスは背後からがっちりと一番機をとらえていた。一番機は引き離そうとして足掻《あが》いたが、敵は離れない。突進するか、生体ミサイルを放つか、この幻獣にはふた通りの攻撃パターンしかないと思っていた。

しかし今背後《はいご》に取りついている敵は、重石《おもし》のように離れずにいる。と——ここまで考えて壬生屋は青ざめた。壬生屋にとって幻獣は人類を殺し尽《つ》くすようにプログラムされている機械だった。敵を倒すのに自分の犠牲《ぎせい》が必要だと判断した場合、ためらいもなく身を捨てるはずだ。今、背後の敵が生体ミサイルを放てば、敵も死ぬが一番機も終わりだ。

一番機はとっさに大太刀を持ち替えると、背後に突き刺した。微《かす》かな手ごたえがあり、少しだけ動きが自由になった。格闘《かくとう》戦の要領《ようりょう》で、すばやく敵に向き直り、もう一本の大太刀を目にも留まらぬ速さで斬り下げた。

爆発が起こった。やはり敵は生体《せいたい》ミサイルを放とうとしていたのだ。判断が遅れていたら敵と心中《しんじゅう》するところだった。が、至近距離《しきんきょり》からの爆風《ばくふう》を浴《あ》び、一番機は瓦礫にたたきつけられた。

「壬生屋機、ミノタウロス撃破《げきは》。未央ちゃん、しっかりして！」

瀬戸口と同じオペレータの東原《ひがしはら》ののみが必死に呼びかける。

衝撃を受け朦朧《もうろう》とする意識を励まし、壬生屋は一番機を立ち上がらせようとした。しかし機体はよろめいたかと思うと、バランスを失って転倒《てんとう》した。

壬生屋の網膜《もうまく》に、ミサイル発射の体勢《たいせい》に入るミノタウロスが焼きつけられた。

(嫌《いや》だっ、死にたくない……!)

曳光弾《えいこうだん》がミノタウロスの腹を直撃した。半ば発射されかかった生体ミサイルが誘爆《ゆうばく》を起こし、敵の姿は跡形《あとかた》もなく消滅《しょうめつ》した。

機体はビルの壁に激突し、傾斜《けいしゃ》はようやく収まった。どうやら右脚を完全にやられているらしい。立ち上がろうとして、再びバランスを失った。

「たわけ。なにを血迷《ちまよ》っている?」

舞の声だ。見ると三番機は数体のミノタウロスに囲まれながらも、巧《たく》みなステップワークで敵を引きつけ、一番機から遠ざけていた。

「わたくし、あの……」

「功《こう》を焦ったか? 戦いに慣れはじめた兵がよく陥《おちい》る心の罠《わな》だ。後方《こうほう》へ下がれ」

舞の冷静な声がコクピットにこだました。話している間にも、舞は敵をロックし、ジャイアントアサルトを連射していた。

一番機は壁にもたれ、辛《かろ》うじて体勢を保っていた。

「壬生屋、ちょっと張りきり過ぎたな。幻獣に抱きつかれるなんて、滅多《めった》にない経験だぞ。防衛ラインまで歩けるか？」

瀬戸口の声。この声が好きだった。言葉遣《づか》いこそ軽薄《けいはく》で不謹慎《ふきんしん》だが、声は穏やかでやさしい。内容はなんでもいい。聞いていると、ささくれた心が癒《いや》されるような気がする。

「はい、けれど三番機が孤立《こりつ》して……」

「……今のおまえさんにはなにもできないだろ？　自分のことを最優先に考えるんだな」

こう言われて、壬生屋はおのれの浅はかさを恥じた。今日は二機だけだから慎重《しんちょう》に戦おうと芝村さんが言ったのに、わたくしは勝手に動いたあげく、三番機を単独で敵に当たらせることになってしまった。

「壬生屋さん、あと……そうね、二百メートル移動して」原の声が聞こえた。

「今、指揮車とリンクして右脚の被害状況《ひがいじょうきょう》を調べたんだけど、修理《しゅうり》は可能よ」

「修理って……原さん、今は戦闘中です」

しかし原は壬生屋の言葉を無視して言った。

「十分あればなんとか動けるようになる。大太刀での戦闘は無理だから、飛び道具を装備《そうび》してもらうことになるけど」

「それは……」

「自業自得《じごうじとく》よ！　さあ、ぼんやりしないで！」

原は押し被せるように言い放った。

「正気ですか？　補給車を敵中に乗り入れるなど」

善行の声が一オクターブ高くなった。補給車は５１２１小隊の要《かなめ》だ。士魂号に燃料を補給し、損害の程度によってはその場で修理できる部材を積んでいる。ただし戦闘能力がないため、整備員とともに後方に待機《たいき》しているのが常だった。

「歩けないうえに敵を防ぐ飛び道具もないんじゃ、こちらから出向いて緊急修理するしかないでしょ？　それとも貴重《きちょう》な士魂号を放棄《ほうき》して、壬生屋さんを脱出させる？　それもいいけど、新しい機体が届くまで、今度は三番機と、あの二番機だけで戦うことになるわよ」

原は挑《いど》むように善行に言った。

「……調達《ちょうたつ》はできませんか、非合法《ひごうほう》に」

「非合法？　なんのことかしらね。とにかく五百メートルだけ補給車を前進させる。あなたは三番機にそのことを報《しら》せて。二十分、時間を稼《かせ》いで欲しいと。それから友軍《ゆうぐん》に頼んで装輪式戦車《そうりんしきせんしゃ》を出してもらえると最高なんだけど」

「指揮官《しきかん》はわたしですよ」

「そんなことはわかっているわ。だから善行千翼長《せんよくちょう》閣下《かっか》にお願いしているんじゃない？」

原の声には、冷やかすような響《ひび》きが混じっていた。善行は眼鏡《めがね》を直すと、苦々《にがにが》しげに言った。

「お願いしているようには聞こえませんね」

「そォ？　きっと寄る年波《としなみ》で耳が悪くなっているのね。かわいそうに」

原は憎《にく》まれ口《ぐち》をきいて通信を切った。どのような判断を下すにしても時間がない。善行はかぶりを振って三番機を呼び出した。

「二十分間、敵を引きつけてください。その間に一番機を修理します」

すぐに返事が戻ってきた。厚志《あつし》からだ。

「舞は相当怒ってますけど、了解《りょうかい》しました。二十分どころか、一時間でも二時間でも引きつけてみせますよ」

「……頼む」

善行は頭が下がる思いだった。速水《はやみ》の天才的な操縦技術に対してではない。その健気《けなげ》さに対してだ。普段《ふだん》は決してオーバーな表現をしない速水が、「一時間でも二時間でも」と言ったのは、自分も含めた隊員達を思いやる心からだろう。

「こちら５１２１小隊の善行です。貴隊《きたい》に頼みがあります。極《きわ》めて異例《いれい》なことですが……」

善行はすぐさま、防衛ラインを守る戦車小隊に通信を送った。

「壬生屋、這《は》ってでも動くんだ。今、原さんがそちらに向かった」

「はい……動いています」

壬生屋は大太刀を杖《つえ》替わりにして必死で一番機を動かしていた。原と補給車を危険にさらすわけにはゆかない。少しでも防衛ラインに近づいたところで作業をしてもらわなければ申し訳が立たなかった。

幸《さいわ》いにも敵影《てきえい》はなかった。三番機が十体以上の幻獣を引きつけ、隙《すき》さえあれば逆襲《ぎゃくしゅう》に転じるという離《はな》れ業《わざ》をやってのけている。自分の未熟《みじゅく》のために、多くの人間が命をかけることになった。泣きたくなるのを堪《こら》えて、壬生屋は歩行に専念《せんねん》した。

装輪式戦車が二台、こちらに向かってくる。その後ろに若宮《わかみや》だろうか、戦車随伴歩兵《スカウト》を張りつかせた補給車が続く。戦車長が、ハッチから乗り出して、瓦礫の陰を指差した。一番機は倒れこむようにその陰に隠れた。補給車が横づけにされ、原と森《もり》、中村《なかむら》が一番機に駆け寄った。

「壬生屋さん、ジャイアントアサルトを取って！」原が呼びかけた。

壬生屋は拡声器《かくせいき》をONにすると、「ごめんなさい、原さん……」と謝った。

「謝っているヒマがあったら、言う通りにして！」

壬生屋は大太刀を補給車に納めると、代わりにアサルトを装備した。原は真剣な目つきで右脚の傷を丹念《たんねん》に調べはじめた。やがて「行ける」とつぶやくと、若宮になにやら指示を下し、座りこんでいる一番機に向き直った。

「ちょっと立ってみて」

言われた通りにすると、若宮が補給車から四メートル以上はあるかと思われる巨大な木箱を引きずってきた。

「士魂号用ギプスVer．01と。原主任《しゅにん》、これでよろしいですか？」

「さすがに若宮君。力だけはありあまっているって感じね。これを一番機の右脚に装着《そうちゃく》するわ。指示するから作業の方、よろしく」

原は一番機の足下《あしもと》に歩み寄ると、装着箇所《かしょ》を若宮に示した。木箱を開け、若宮が取り出したものは鉄骨《てっこつ》で造られたギプスだった。鉄骨製の巨大なブーツと言えばよいだろうか、関節《かんせつ》に当たる可動《かどう》部分はバネをむき出しにした、単純にしてそっけない造りである。

若宮はギプスを地面の上に立てた。

「壬生屋さん、ギプスの底に一番機の脚を合わせて。少しサイズが違うかもしれないけど」

原に言われて、壬生屋は首を傾《かし》げながらもその通りにした。

「それにしても格好悪かねー。これなら俺にも造れる」

中村光弘《みつひろ》が情けなさそうな顔になると、原の眉がきっと上がった。

「これ、はじめて見ますけど……」

森精華《せいか》が咎《とが》めるような顔で言った。補給車の内部は、原のオモチャ箱のようなものだ。なにが飛び出してくるかわかったものではない。

「それはそうよ。ずいぶん前に試作《しさく》して放っておいたものなの。初期の士魂号って脚まわりが弱くて、すぐに捻挫《ねんざ》したりじん帯を損傷《そんしょう》したりしたのね。これじゃ困るって応急修理用に作ったんだけど、その後、人工筋肉《じんこうきんにく》の性能が良くなって。どう、壬生屋さん、けっこう情けないでしょ？　これに懲《こ》りたら無茶はしないことね」

若宮が金属繊維《せんい》のベルトを固定する。確かに情けないと壬生屋は思った。こんなに格好悪い思いをするのははじめてだった。

「さて、じゃあ、ちょっと歩いてみて……」

原が口を開いたとたん、装輪式戦車が火を吹いた。三体のミノタウロスがこちらをめざして突進してくる。後方で三番機が敵に追いすがり、機関砲弾《きかんほうだん》を浴《あ》びせている。

「原さん、危険です。補給車と一緒に、早く……！」

壬生屋はジャイアントアサルトを構え、敵を待ち受けた。補給車のエンジン音が響く。装輪式戦車が砲撃しながら後退《こうたい》してゆく。

距離百五十、百……五十。壬生屋は敵を引きつけると、おもむろに引き金《トリガー》を引いた。曳光弾が敵の頭上を通過していった。あわてて銃身《じゅうしん》を下げると、今度は先頭の一体に命中した。

「壬生屋機、ミノタウロス撃破《げきは》。やれやれだ」

瀬戸口の声に安堵《あんど》の響きが混じっているのを壬生屋は聞き逃《のが》さなかった。

「瀬戸口さんにもご迷惑をおかけしてしまって……」

壬生屋は二体目を撃破したのち、通信を送った。

「そんな挨拶《あいさつ》はまだ早い。敵に集中しろ」

目の前にミノタウロスが迫ってくる。壬生屋は、はっとした。しまった！　敵を引きつけ過ぎた。大太刀の間合《まあ》いとは違うのだ。追いすがる三番機に銃弾《じゅうだん》を受け、おびただしい体液を流しながら敵は一番機に突進してくる。

引き金を引く。機関砲弾にずたずたにされながらも、ミノタウロスは勢いを止めない。一番機はとっさに横に跳躍《ちょうやく》。が、右脚がまるで石と化したかのように動かない。しまった、と思うまもなく一番機は横転《おうてん》していた。

衝撃で頭がくらくらとした。瓦礫の山を乗り越え、ミノタウロスが目と鼻の先に迫る。壬生屋はとっさに左手に握った大太刀を敵の腹に深々と突き刺していた。


「壬生屋さん、速水だけど。運が良かったよ。敵はどうやら退却《たいきゃく》したみたいだ」

三番機から通信があった。厚志からだった。

「あ、ありがとうございます。わたくしが至《いた》らぬゆえに……」

「僕達だって壬生屋さんに何度も助けられた。けど、舞はそんなことも棚《たな》に上げて怒るんだ」

舞が割りこんできた。

「棚に上げてなどいない。過去のことは感謝しているが、怒るべき時は怒る。そうでなければ連係《れんけい》した機体運用などできまい。壬生屋、今日のそなたは最低だった。判断の甘さ、戦術センスの欠如《けつじょ》により隊全体を危険にさらした。後悔はせずともよいが、反省はするがよい」

「……ごめんなさい、芝村さん」

「その謝罪《しゃざい》、受けよう。反省すればよい。二度と同じ過《あやま》ちは繰り返さぬだろうからな」

聞きようによっては舞はずいぶんとえらそうだが、責められた方が、かえって壬生屋にはありがたかった。今回の失敗で、壬生屋は自分の情緒《じょうちょ》不安定《あんてい》につくづく嫌気《いやけ》がさした。

結局、原のギプスは大して役には立たなかった。それよりも原がジャイアントアサルトを届けてくれたことで壬生屋は救われた。

翌日、壬生屋は原のデスクを訪ねた。原は機嫌良く壬生屋を出迎えた。

「ご迷惑をおかけしてしまって……」

「そのセリフ、何人に言えばいいのかしらね。壬生屋さん、あなたは本当に不器用で不細工。少しはましになったかなって思ったら、あんなことになるし。けど、けっこう笑えたでしょ、あのギプス。前に、これ以上人工筋肉の開発予算を出せないって言って、政府のえらい人に無理矢理《やり》造らされたのよね。第四世代って姑息《こそく》で貧乏性《びんぼうしょう》だから度《ど》し難《がた》いわよね」

「はあ……」

摑《つか》みどころのない原のおしゃべりに、壬生屋は言葉を継《つ》げなかった。

「笑えるオモチャなら、補給車に積んであるわよ。あ、そうだ、今度は士魂号用ジャンピングシューズなんてどうかしら？　これも笑える」

「……でも、そんなものを持ってらしてどうなさるおつもりですか？」

「戦争が終わったら、士魂号記念館に寄贈《きぞう》するつもりよ。あ、壬生屋さん、今にあなたの写真も撮《と》りにくるわよ。記念館に飾るんだって」

「……わたくし、どうしましょう？　この格好で構わないのですか？　変な顔に撮られたら恥ずかしいです」

「ほほほ、嘘よ嘘。なんでも本気にするんだから」

原は笑い転《ころ》げた。また引っかかった。壬生屋は顔を紅潮させて食ってかかった。

「原さんはわたくしをイジメて楽しいんですか？」

「楽しいわよ。なんで？」

あっさりと肯定《こうてい》され、壬生屋は肩を落とした。そんな壬生屋の様子を見て、原は微笑した。

「だけど、よかった」

「はい……？」

「壬生屋さんが助かって。あなたに死なれちゃうと、人生の楽しみがなくなるのよね」

壬生屋は首を傾げ傾げ、整備テントを出た。

「あなた、もしかして……」

整備テント前で声をかけられた。壬生屋が振り返ると、新市街で瀬戸口と一緒にいた若い女性がこちらを見ていた。今日はスーツ姿で、相変《あいか》わらずサングラスをかけている。

「あ……」

壬生屋はその場に立ち尽くした。若い女性は壬生屋に微笑みかけると、ハイヒールの音を響かせて前に立った。

「ふうん」若い女性は品定《しなさだ》めするように壬生屋を見つめた。

「な、なんですか？」

「瀬戸口君から噂《うわさ》は聞いてるわ。胴着姿で通している変わった娘がいるって」

「……噂」

壬生屋は緊張のあまり、うまく言葉がでてこない。彼女はどうしてこんなところに……？

「ええ、彼、あなたのことを話す時、なんとも言えない表情をするのよね。本当は可愛くてたまらないくせに、わざと澄まし顔になるの。彼も屈折《くっせつ》しているから」

若い女性はサングラスを取った。サングラスなんかで隠す必要もないだろう、やさしく穏やかな目をしていた。

「その……つかぬことをうかがいますが……いえっ！　なんでもありません」

壬生屋は、はっとして口に手を当てた。

「ああ、瀬戸口君とのことね。安心して、わたし達は清《きよ》らかな関係よ。わたしはもう少し踏みこんでもよかったんだけど、彼って紳士《しんし》だからその隙がなかったわ」

女性は楽しげに笑った。壬生屋はつかのま、相手に見とれてしまった。

「どうしたの……？」

「いえ、なんでも。ただわたくし、おとなの女性ってあなたのような方を言うのだろうなって。……なにを言ってるんでしょうね、わたくし」

「あなたは可愛いわね」

「そんなことは！　それで、なにか御用《ごよう》でしょうか？」

「瀬戸口君にお別れを言いにきたの。明日、急に東京《とうきょう》に行くことになってしまって。彼には迷惑をかけちゃったから」

「わたくし、探してきますっ！」

壬生屋はペコリと頭を下げて、駆け出そうとした。

「待って。やっぱりいいわ。あなたから伝えて。これまでありがとうって。瀬戸口君のお陰で、やり直す元気が出てきたって」

「そんな！」

「じゃあ、あなたもお元気でね」

バイ、と手を振ると、若い女性は遠ざかっていった。

校門前の芝生に行くと、瀬戸口はいつものように寝そべっていた。壬生屋は瀬戸口に駆け寄っていった。

「た、大変ですっ！　サングラスの女性、急に東京へ行くって。瀬戸口さんにお別れの挨拶をしたいって訪ねてきました！」

「彼女、来たのか」

瀬戸口は空を見上げたまま、ぽつりと言った。

「ええ、早くお別れに行かないと！」

壬生屋は自分のことのように一生懸命になっていた。瀬戸口はふっと笑った。

「なんて言ってた？」

「……ありがとうって。瀬戸口さんのお陰でやり直す元気が出たっておっしゃってました」

「だったらいいや」

瀬戸口は壬生屋にやさしげに微笑みかけた。

「お別れは言わないのですか？」

「ああ。別れの場面って俺は苦手でね。あの女性もたぶん同じだと思う」

「そ、それがおとなの男女というもの、ですか……？」

言ってしまってから。壬生屋は後悔した。また子ども扱いされる。どうしてわたくしはこう変なことばっかり口走ってしまうのだろう。

瀬戸口は憂鬱《ゆううつ》そうな笑みを浮かべた。

「ま、そういうことにしておくよ」

「……？」

「俺のことはいいから。さあ、仕事があるだろ？　行けよ」

しかし壬生屋はいっこうに動く気配がなかった。神妙《しんみょう》な面《おも》もちでなにやら考えていたかと思うと、ぽっと顔を赤らめた。

「……わたくし、努力します」

「は……？」

瀬戸口は悪い予感を覚え、身を起こした。壬生屋の顔は真剣である。

「あの方のようなおとなの女性になれるように。その……わたくし……」

「待て。ちょっと待て。俺は用事を思い出した。話なら今度ゆっくり聞くよ」

瀬戸口はそれまでのだらけた態度とは打って変わって、きびきびとした身ごなしで駆け去った。あとに残された壬生屋は、芝生の上に正座して、凛《りん》としたまなざしを遠ざかってゆく瀬戸口に向ける。

「待っていてください。わたくし、精進《しょうじん》して必ずやあなたに追いついてみせます」

わたくしだっていつまでも子どもではない。必ずや魅力的なおとなの女性になってみせる。

壬生屋は固く心に誓《ちか》うのであった。

ソックスハンターは永遠に II　伯爵邸の午後

伯爵邸《はくしやくてい》の庭園にしつらえられた茶室《ちやしつ》で中村光弘《なかむらみつひろ》は緊張した面《おも》もちで座っていた。まわりには厳粛《げんしゆく》な表情をした人々。中には政府の高官も交じっている。

静寂《せいじやく》の中、鹿威《ししおど》しの音がひときわ高く響いた。

「けっこうな品です。踵《かかと》のあたりのほころび具合《ぐあい》がなんとも玄妙《げんみよう》。堪能《たんのう》しました」

隣《となり》に座るタイガーは静かに言うと、洗練《せんれい》された仕草《しぐさ》で一礼した。彼は財閥《ざいばつ》の御曹子《おんぞうし》だけあって場慣れしている。

その「品」は中村の前にまわされた。中村は緊張のあまり震える手でソックスを手に取った。確かにこれは見事な品だが、こうも緊張するとは。タイガーの誘いになんか乗らなければよかったばい。

伯爵をはじめ、ハンター界の長老《ちようろう》達の目が中村に注《そそ》がれた。ここソックス茶会の場では印象的な言葉を連《つら》ね、名品を誉《ほ》めねばならないのである。

「まったりして……」

中村が形容詞を口にすると、伯爵が身を乗り出した。

「うむ。まったりして……？」

「触ると溶けてなくなってしまうような、そんな危《あや》うさを秘《ひ》めておるばいね」

以前、なにかのグルメ番組で聞きかじったセリフを適当にアレンジしてごまかした。

「フフフ、わかってますよ」

不意に声が響き渡り、畳《たたみ》が宙《ちゅう》に舞った。床下《ゆかした》の板がはずされ、顔を出したのはなんと岩田《いわた》裕《ひろむ》であった。岩田は蜘蛛《くも》の巣を払うと、中村を指差して言った。

「あなたはまちがっています。よそゆきの言葉じゃ、鑑賞《かんしょう》したことにはなりませんよ。本当に鑑賞するというのは、こーゆーことですっ！」

岩田はおもむろにソックスを奪い取ると、銘品《めいひん》「ほころび」を自分の鼻に押し当てた。

「グレート！　楽園《らくえん》は我《わ》が裡《うち》にありイイ……！」

「出合えっ、曲者《くせもの》だっ！」伯爵が叫んだ。

と、一足の純白のソックスが宙に舞い、ひらひらと落ちてきた。はらり、と畳の上に落ちたソックスに一同の目は釘付《くぎづ》けになった。小さな、可憐《かれん》なソックスである。横のところにヒヨコの刺繡《ししゅう》が施《ほどこ》されている。

「ヒヨコ……」

中村は茫然《ぼうぜん》としてつぶやいた。まさかこれが、伝説の銘品「ピヨ一文字《いちもんじ》」だというのか？

しかし、「ピヨ一文字」は輸送船《ゆそうせん》とともに東シナ海に沈んだはずでは……？

「何故《なぜ》、これが貴様《きさま》の手に……」

伯爵の動揺《どうよう》した声が茶室に響く。全員が固唾《かたず》を呑《の》んで岩田の言葉を待った。

「あなたのもくろみはみえみえです、伯爵。フェイクを輸送船に乗せ、これを沈める。あなたは密《ひそ》かに大陸から持ちこませた『ピヨ一文字』を闇《やみ》ルートを通じて競売《きょうばい》にかけようとした。あなたはハンターの掟《おきて》を破ったのです」

「し、知らん！」

「じきに『掃除人《スウイーパー》』がここに到着するはずです。あなたは破滅《はめつ》ですよ、伯爵」

岩田は勝ち誇ったように言うと、「ピヨ一文字」をしまいこんで床下から消えた。

「わたしは用事を思い出しました……」

タイガーはソックスをポケットに突っこむと膝《ひざ》を浮かした。中村もこれに続く。と、障子《しょうじ》を開ける音。家政婦《かせいふ》のおばちゃんが、きょとんとした顔で突っ立っていた。

「あれまあ旦那様《だんなさま》、どぎゃんしたことですか、そん靴下は？」

茶室は騒然《そうぜん》となった。伯爵をはじめ、皆《みな》、自慢の名品を座の傍《かたわ》らに置いている。見方を変えれば室内にソックスが散乱していると見えなくもない。

「し、知らぬ。わしゃ靴下なんて集めてないぞ！　おおかたポチのいたずらであろう」

「そりゃ申し訳なかこつを。お客様にも失礼をばいたしました」

家政婦のおばちゃんは、恐縮《きょうしゅく》して頭を下げると、散乱した（と見える）ソックスを次々と回収して持参《じさん》のゴミ袋に放りこんだ。そのたびに室内では悲痛《ひつう》な叫び声があがった。

地獄《じごく》だ。ハンターにとっては見るに耐えない無惨《むざん》な光景である。

「今です。逃げましょう！」

タイガーにうながされ、中村は障子に突進した。縁側《えんがわ》から庭へ転がり出ると、ふたりは後ろを振り返らず全力で駆けた。後方《こうほう》で伯爵の断末魔《だんまつま》の叫びが聞こえた。

「なんまんだぶ」

中村は念仏《ねんぶつ》をとなえながら、茶会なんて柄《がら》じゃなかかと反省したのであった。

第四話

第一種警戒態勢

四月二十一日　　　晴れ時々曇り

昨日、何日かぶりで裏マーケットの親父さんのところでバイトした。いつもは仕事が終わったら「とっとと帰れ」なんてこわい目でにらむ無愛想な人やけど、昨日は違った。帰ろうとすると「ちょっと待て」って、店の奥に引っ込んでごそごそとやってる。そのうち台車に木箱を積んできて「持ってけ」だって。貴重な医薬品に、機関銃まである。売り払ったらえらい金額になる 。こ、これって…。わたし身の危険を感じて、「あかん、わたし好きな人いるんや」って言ったら、「馬鹿!」って怒鳴られた。避難勧告が出ているんで親父さんはしばらく身を隠すそう。それで地下倉庫に入りきらなかった商品を、捨てるのはもったいないから5121小隊に寄付してくれるんやて。……親父さんって照れ屋さんだったのね。

（加藤祭『家計簿』の余白に記した一文）

善行忠孝

5121独立《どくりつ》駆逐《くちく》戦車《せんしゃ》小隊《しょうたい》司令《しれい》・善行《ぜんぎょう》忠孝《ただたか》は戦況《せんきょう》分析《ぶんせき》用スクリーンから目を離すと、大きく伸びをした。

戦闘指揮車《せんとうしきしゃ》の車内に籠《こ》もって三時間。酸欠《さんけつ》状態だ。さすがに新鮮《しんせん》な空気が吸いたくなる。シートから立ち上がったとたん、不覚《ふかく》にもあくびがついて出た。

「あっ、いいんちょ。えへへ、見ちゃったよお。あくび」

東原《ひがしはら》ののみがオペレータ席から呼びかけた。

東原は八歳くらいの幼女の外見をしている。が、実際は他の隊員達と同じ十代の後半だ。同《どう》調《ちょう》能力、すなわち他者の心を読む超能力を開発する研究所に被験体《ひけんたい》として所属《しょぞく》した経歴《けいれき》があり、そのため成長障害《せいちょうしょうがい》を起こし、永遠に八歳のままでいる。

隊に配属《はいぞく》された当初《とうしょ》、善行はなにかと東原のことを気にかけたものだが、しばらくして自分の不明《ふめい》を恥《は》じた。言葉遣《づか》いこそたどたどしいが、東原は有能なオペレータだった。どころか、明るく前向きな性格で小隊にとって欠かせない存在となった。

「これは……わたしとしたことが。皆《みな》には内緒《ないしょ》ですよ」

善行は頭を掻《か》いて、まいったなという顔をした。東原は秘密を共有する嬉《うれ》しさからか、「うん！」と元気良く返事をした。

「ところで瀬戸口《せとぐち》君はどうしました？」

「ええと、ね。わかんないの。風に当たってくるって言ったきり、帰ってこないのよ」

「……なるほど」

「いいんちょも風に当たってきたら？　わたしがおるすばんしているから」

東原としゃべっているといつも不思議《ふしぎ》な感覚にとらわれる。舌《した》っ足《た》らずな言葉遣いとは裏腹《うらはら》に、時として東原は自分より年上なのではと思うほどの気遣いを見せる。

「じゃあ、お言葉に甘えて。なにかありましたらすぐに報《しら》せてください」

ハッチを開けると、燦々《さんさん》とした春の陽射《ひざ》しが降り注《そそ》いだ。

善行はまぶしげに目を細めてあたりを見渡した。

かなたには熊本城《くまもとじょう》の天守閣《てんしゅかく》がそびえている。

小隊は城に隣接《りんせつ》する公園の一画に待機《たいき》していた。公園はここ数時間のうちに大きく様変《さまが》わりしていた。至《いた》るところに深い塹壕《ざんごう》が掘り貫《ぬ》かれ、まるで野鼠《のねずみ》の巣《す》のように入り組んだ迷路《めいろ》をつくっている。

数力所設《もう》けられた戦車用壕《ほり》からは、装輪式《そうりんしき》戦車の巨大な砲塔《ほうとう》が周囲を睥睨《へいげい》している。

誤って水道管を壊したらしい工兵隊《こうへいたい》の学兵《がくへい》が、現場《げんば》監督《かんとく》のような隊長に怒鳴《どな》られながら懸命《けんめい》に水を汲《く》み出している。

四〇㎜高射機関砲《こうしゃきかんほう》を抱《かか》えた戦車随伴歩兵《スカウト》が黙々《もくもく》と善行の前を通り過ぎていった。周辺の建物には戦車随伴歩兵が潜《ひそ》んで、敵を迎え撃つための火線を形成《けいせい》しているはずだった。

他の隊は展開《てんかい》を終えつつあり、すぐにでも戦える状態にあった。

それに引き替え、と善行は整備《せいび》テントの方角を見た。

「側《そば》でごちゃごちゃ言わないでよ！　いい歳《とし》して半ズボンの悪魔っ！」

「姉さんは手順がどんくさいんだよ。それに半ズボンは僕のポリシーだ！　ああ、わかったぞ、姉さんは僕の脚《あし》の美しさに嫉妬《しっと》しているんだろ？」

「あ、スネ毛見っけ」

「嘘《うそ》だ、嘘だ、嘘だっ！」

地上に露出《ろしゅつ》された巨大な整備《せいび》テントから、なにやら罵《のの》り合う声が聞こえた。次《つ》いで人間のものとも思えぬ絶叫《ぜっきょう》。

「ノオオ、伝説《でんせつ》の百年靴下《くつした》、しかと堪能《たんのう》しましたっ！」

他隊の学兵が首を傾《かし》げて整備テントを見ている。中には持ち場を離れてこわごわとテントに近づく兵もいる。

そんな兵達に、訳知《わけし》りらしき隊長が、首を振って「関《かか》わるな」と言い聞かせている。

善行は下を向いた。なにをやっているんだか……。

５１２１小隊は素人《しろうと》っぽさが永遠に抜けない隊である。素人っぽい、とは言い換えれば軍人らしくないということだ。

　むろんこれには理由がある。

　小隊は三機の人型戦車《ひとがたせんしゃ》・士魂号《しこんごう》が戦力のすべてと言ってよい試作実験機《しさくじっけんき》小隊である。機構《きこう》が複雑で故障《こしょう》が多い士魂号を稼働《かどう》させるためには多くの人手《ひとで》を必要とする。こうしたわけで、隊員の半数が整備員というアンバランスな隊となってしまった。

　この整備員という人種が、実に扱いにくかった。戦車随伴歩兵やパイロットといった戦闘員とはひと味もふた味も違った独特の価値観、オキテを持っている。規律《きりつ》よりは技術、技術は未《み》熟《じゅく》だが勤務《きんむ》態度《たいど》は優良な者より、素行《そこう》不良《ふりょう》ながらも熟練《じゅくれん》した技術を持つ者が重んじられる。それはそうだろう。整備の現場ではいくら立派《りっぱ》な敬礼《けいれい》をしてみせても、軍人らしくきびきびした態度を取っても、肝心《かんじん》の技術が伴《ともな》わなければ役に立たない。

　特に人型戦車の整備員は、高度な知識、技術力を要求されるため、タテマエはなし、要《よう》は中身といった風潮《ふうちょう》が強かった。

　彼らの現場に踏みこむことは、司令の善行といえども勇気がいる。

（まあ、仕事さえしていれば、いいか……）

　善行は深呼吸《しんこきゅう》した。

　散歩にはもってこいの日よりだった。陽は燦々と降り注《そそ》ぎ、風も心地《ここち》よい。植えこみの木々の緑が目にやさしい。無惨《むざん》な工事を施《ほどこ》された陣地に背を向けて、まだ公園の景観《けいかん》が残る一画に足を向けた。

（それにしても……）

善行は歩きながら今回の出動《しゅつどう》の意味を考えようとした。

すべては二日前の政府発表からはじまった。

幻獣《げんじゅう》オリジナル。

熊本城の地下で幻獣のオリジナルが発見されたというのだ。誰が、何故《なぜ》、どのようにしてそれを発見したかは軍事機密《ぐんじきみつ》として伏《ふ》せられた。

内外の反応は大きかった。具体的なことは、まったく知らされないまま、幻獣のオリジナルという言葉だけがひとり歩きして、メディアはイメージをもとに様々な議論を展開《てんかい》した。幻獣とはなにか？　何故、人類に敵対《てきたい》し続けるのか？　五十年来の謎が解き明かされるかもしれないと。そしてオリジナルを研究することで幻獣の弱点を明らかにすることができるかもしれない、という推測《すいそく》すらなされた。

善行はこの手の騒ぎとは無縁《むえん》だった。

はじめに政府発表を聞いて苦笑《くしょう》したのみだった。「幻獣オリジナル」とは想像力を喚起《かんき》するネーミングだ、と感心してしまった。

敗色濃厚《はいしょくのうこう》な戦局《せんきょく》を隠蔽《いんぺい》し、あるいは挽回《ばんかい》するために政府、軍上層部《ぐんじょうそうぶ》が四苦八苦《しくはっく》していることは知っている。当然、裏があるはずだ――と、直接の上官である芝村準竜師《しばむらじゅんりゅうし》にかまをかけてみた。

すると準竜師は苦笑《くしょう》して、「価値とはつくられるものだ」と言ったのみだった。

「なるほど価値か」

善行はうなずいた。幻獣が人間と同じ反応をするとすれば、「幻獣オリジナル」は彼らにとっては貴重《きちょう》なものとなる。これを確保することは死活《しかつ》問題とも言える。

しかし何故、熊本城なのか？　こちらの疑問は比較的楽《らく》に解決できた。

熊本城は慶長年間《けいちょうねんかん》（十七世紀初頭）に加藤清正《かとうきよまさ》によって建設された城である。肥後平野《ひごへいや》の中枢《ちゅうすう》を抑《おさ》え、また薩摩《さつま》の島津氏《しまづし》の北上《ほくじょう》を牽制《けんせい》するための要害《ようがい》として、大きな戦略《せんりゃく》的価値を持っていた。明治《めいじ》十年の西南《せいなん》の役《えき》では、熊本鎮台《ちんだい》の兵が城に拠《よ》って、西郷隆盛《さいごうたかもり》が率《ひき》いる薩摩軍の北上を阻止《そし》した。

要《よう》は敵を引きつけ、たたくには絶好《ぜっこう》の場所というわけだ。

そして、今、自分達がいる城の北側は最も弱い部分とされている。熊本城は南の島津氏に備えたもので、北方の敵を意識したものではない。

当然、敵主力は弱点を突いてくるだろう。

この一帯は激戦になる。どのような犠牲《ぎせい》を払おうと敵を食い止め、包囲援軍《えんぐん》が来るまで持ち堪《こた》えることが北側陣地《じんち》に配置された部隊の役目だ、と善行は思った。

しかし——。

（わたしはあなた達を守ると誓《ちか》った。誰ひとりとして死なせやしません）

善行は足下《あしもと》を見つめながら険《けわ》しい表情を浮かべていた。

「どぎゃんかしたとですか、委員長？」

善行が振り返ると、中村光弘《なかむらみつひろ》がママチャリに乗ったまま笑いかけていた。中村は整備班の中でも古株《ふるかぶ》で、主任《しゅにん》の原素子《はらもとこ》、副《ふく》主任の森精華《もりせいか》に次《つ》ぐNo.3と目されている。熊本ネイティブらしい気《き》っ風《ぷ》のよさと度胸《どきょう》が自慢の男である。

軍の物資集積所《ぶっししゅうせきじょ》へ忍《しの》びこんでは、装備、物資をかっぱらってゆく謎の一団の噂《うわさ》を善行は十分過ぎるほど知っている。むろん5121小隊に嫌疑《けんぎ》がかかっていることは鉄道警備《てつどうけいび》小隊から「このような風体《ふうてい》の隊員はいませんか？」と照会《しょうかい》があるため、これも十分過ぎるほど知っていた。そのたびに善行は空とぼけ、時には芝村準竜師に泣きついて握り潰《つぶ》してもらったものだ。

主犯格《しゅはんかく》はこの男だろう、と善行は常々《つねづね》思っていた。

「ああ、中村君。……あなたこそなにをしているんです？」

「食糧調達に行くとですたい。こん近くで店じまいで半額セールばしとるコンビニがあるけん、食料ば買いだめしとこうと思ったとです。委員長はなにか食べたかモンでもなかですか？」

「仕事はどうしたんです？」

「わはは、上々《じょうじょう》に仕上げてあるけんが、心配はせんでもよかです。そういや、今時メロンパンば売っとる店もこの近くにあるけん。買ってきましょうか？」

「……けっこうです」

嬉々《きき》として買い出しに出かける中村を、善行は深々とため息をついて見送った。明日《あす》死ぬかもしれないというのに、どうしてウチの隊はこうもマイペースなのか。

「そこで薄《うす》ぼんやりしているのは、善行千翼長《せんよくちょう》閣下《かっか》かしら？」

声をかけられて、善行は一瞬凍りついた。おそるおそる振り返ると、整備班主任の原素子がにっこりと笑いかけた。ベンチに腰をかけ、ノートを広げてなにやら書きこんでいる。

「薄ぼんやりはひどいですよ。これでも今後のことを考えているんです」

善行は苦笑した。

「まじめなのね」

「……そういう言い方をされると。あなたは？」

「凪に当たりに来た。それだけ。と言いたいところだけど、わたしがあんまり頑張《がんば》っているとあの子達、居心地《いごこち》が悪そうだから」

「ははは。そうでしょうね」

善行は言ってから、あわてて口をつぐんだ。原の目がきっと吊り上がって、こちらをにらみつけた。

「その……、わたしも似たようなものですから。気持ちは……」

「どうせわたしは嫌われ者よね。最後の最後まで誰にも好かれずに終わるんだわ」

言いながらペンを持つ原の手がしきりに動いている。善行が何気《なにげ》なく目を落とすと、どこかで見たような眼鏡《めがね》男の似顔絵《にがおえ》が描かれている。それにしてもラフでここまで描けるとは、よほど描き慣れているんだなと善行はあきれてしまった。

「ちょっと、どこ見てるのよ。あ……」

原はあわててノートを閉じると、顔を赤くして言った。

「日記よ、日記」

「……きっとわたしのこと、散々《さんざん》に書いてあるんでしょうね」

原はそっけなくかぶりを振った。

「あなたのことなんて一行だって書いてないわ。興味《きょうみ》ないもの。作業日誌《さぎょうにっし》にプライベートな感想を加えたようなものね」

「そう言われると、なんだか気になりますね。どうでしょう、戦争が終わったら」

「終わったら……」

原の目が微《かす》かに潤《うる》んでいる。

「焼却《しょうきゃく》すべきです。あなたの身を案じて言っているのです。士魂号は軍事機密《ぐんじきみつ》ですから」

「馬鹿ぁ！」

原の声が鼓膜《こまく》を直撃した。善行は耳を押さえて、小さな声で言い訳をした。

「わ、わたしはあなたを守らなければならない。そう決めたのです」

「え……？」

「わたしもあなたもこの世界にはあり得ないオーバーテクノロジーに触れ過ぎている。あの一族の手から逃《のが》れることはできません」

善行は眼鏡に手をやった。

あの一族とは、むろん芝村一族のことだ。世界征服《せいふく》を大まじめに公言《こうげん》してはばからない新興《しんこう》の一族だが、どこから入手《にゅうしゅ》したのかわからないオーバーテクノロジーと徹底した権力志向を背景《はいけい》に、各国の政財界《せいざいかい》を牛耳《ぎゅうじ》るようになった。この一族の変わっている点は、血族《けつぞく》意識が皆無《かいむ》なことにある。一族の者は芝村に生まれるのではなく、芝村になるのだ。これと見こんだ人材《じんざい》に、芝村を名乗ることを許し、吸収《きゅうしゅう》する。結社《けっしゃ》という表現が最も近いだろう。

士魂号を主力《しゅりょく》とした試作実験機小隊の創設《そうせつ》を芝村準竜師に提案したのは善行だった。

善行は新たに創設される隊には原素子が欠かせないと準竜師に訴えた。むろんこれには裏がある。一年前、大陸から戻った善行は偶然、士魂号の開発に携《たずさ》わった研究者が次々と事故死していることを知った。そして彼が以前つき合っていた原素子が開発責任者であるフランソワーズ茜《あかね》の愛弟子《まなでし》だった。

善行は以前から人型戦車の可能性に着目《ちゃくもく》していた。これを対幻獣戦に活用し、この方面でのパイオニアになりたいという野心もあった。しかし、彼にそれを踏みきらせたのは原素子の存在だった。原素子は天才と謳《うた》われながら、無邪気《むじゃき》で子どもっぽく、危《あや》うい性格の持ち主《ぬし》だ。放っておいたらなんの前触れもなく姿を消しそうで、善行はこわかった。

幸《さいわ》いなことに原は部隊に配属され、事故に遭《あ》うこともなく現在に至っている。


善行の真剣な顔を見て、原はふっと笑った。

「笑いごとでは……」

「見損《そこ》なわないで」原は笑みを浮かべたまま善行を見つめた。

「覚悟《かくご》はできているわ。もちろん戦いのこともね」

「……まだ第一種警戒態勢《けいかいたいせい》ですよ。必ずしも戦いがあるとは限りません」

「やあねえ、自分だけがなんでも知ってると思わないで。善行風に頭を働かせれば、危ないことくらいわかるわ」

「善行風……」

「すべてを疑え」

「はい」

善行が生《き》まじめにうなずくと、原は満面《まんめん》の笑顔になった。この堅苦《かたくる》しさが面白《おもしろ》いのだ。からかっていると時間を忘れてしまう。

「あなたは退屈《たいくつ》な話をさせると名人級《めいじんきゅう》ね。せっかくふたりきりでいるんだから、話題を選んだら？　少し喉《のど》が渇《かわ》いたわ」

「喉って……」

善行は公園の水飲み場にちらと目をやった。しかしすぐにはっとして、「近くの自販機《じはんき》で買ってきましょう」と言った。

「わたし、まったり茶の冷たいのね」

善行の背を原の声が追いかけた。

せっかく？　ふたりきり？　善行は苦笑してかぶりを振った。まんまとペースに乗せられてしまった。司令にパシリをやらせるなんてあなたくらいだ。善行はうっすらと笑みを浮かべた。

「や、どうも。司令もサボリですか？」

自販機前の芝生《しばふ》に寝そべっていた瀬戸口隆之《せとぐちたかゆき》が身を起こした。五メートルほど離れたところには何故か壬生屋未央《みぶやみお》がきっちりと正座《せいざ》している。

しまった……と思いながら善行は挨拶《あいさつ》を返した。

「あ、ああ、瀬戸口君。ののみさんに留守《るす》を頼んできました」

「そうですか、東原も休憩《きゅうけい》させてやらないとな」

瀬戸口は東原と同じく指揮車のオペレータを務めている。東原のことを可愛《かわい》がり、東原も瀬戸口に懐《なつ》いている。ふたりは良いコンビと言えた。

（しかし……この空気はなんだ？）

重苦しい。気づまりだ。善行がちらと視線を転じると、壬生屋がしとやかに頭を下げた。

「あなた達はいったいなにをやっているのです？」

「一緒《いっしょ》にされたら困りますよ。たまたま同じところにいるだけで。こちらと向こうでは空気が違うでしょう？」

「……正座していますよ」善行は小声で言った。

「気にしないでください。ノオプロブレムですよ」

「そうですか」

善行はふたりのプライベートな問題に深入りしないよう、背を向けて自販機に向かった。と、瀬戸口の声が不意打《ふいう》ちのように飛んできた。

「ところで……あの任務《にんむ》では見事に死に損《ぞこ》ないましたよ。ま、俺は一介《いっかい》の十翼長《じゅうよくちょう》に過ぎませんから命令に従うだけですが」

善行は硬貨《こうか》を落とした。鉄橋《てっきょう》の件だ。芝村準竜師への点数稼《かせ》ぎ、と言えば点数稼ぎだった。この戦争が終わったあとも5121小隊の隊員達を準竜師に守ってもらう腹づもりもあった。原と同じく、他の隊員達も多かれ少なかれ士魂号に関《かか》わっている。

姑息《こそく》かもしれない、杞憂《きゆう》かもしれないが、必要なことだと善行は信じていた。

「ええ、と。瀬戸口くん、あなたはなにを飲みますか？」

「……まあいいですけどね。あ、オレンジデリシャスティーをお願いします……どうせ芝村絡《がら》みなんでしょう？　あれでかなり点数を稼いだと思いますよ」

「あなたは少し世の中を斜めに見過ぎる。鉄橋を落としたお陰でどれほどの味方が助かったか、そういう考え方はできないのですか？」

　善行は瀬戸口にオレンジデリシャスティーを渡しながら言った。

「ははは。長い間生きていると、誰だってひねくれてきますよ。ま、そんな俺があそこまでヒドイ目に遭うとは予想外だったけど。司令はそれだけ俺のことを信頼してくれているんだなって言い聞かせています」

「……壬生屋さんはなにを飲みますか？　ご馳走《ちそう》しますよ」

　速い。まばたきするまに壬生屋が寄ってきた。

「そんな……悪いです。ご馳走していただく理由がありません」

　頬《ほお》を染めて遠慮《えんりょ》する壬生屋に、善行は笑って言った。

「いえ、一杯の飲み物であなたと瀬戸口君が仲良くできれば、司令としては満足ですよ。まだまだ戦いは続きます。今のうちにわだかまりを解消してください」

「あの…それでは、冷やしこぶ茶を……」

「ちょっと待ってください。俺と壬生屋の間には、わだかまりなんてありませんよ」

「そういうことにしておきます。壬生屋さん、重ねて言うようですが、今は明日の命すらわからぬ戦時です。くれぐれも悔《く》いを残さないように」

「はい!」

励《はげ》まされて壬生屋の顔がぱっと輝いた。善行からこぶ茶を受け取ると、凛《りん》とした表情で瀬戸口を見つめた。瀬戸口の顔色が変わった。

「狐《きつね》……!」

善行はまったり茶を手にすると、瀬戸口の悔《くや》しげな声を後目《しりめ》に歩き出した。


原は熱心にノートに文字を連《つら》ねていた。

声をかけようとして善行はかぶりを振った。夢中になるとまわりが見えなくなる。昔からそうだ。それにしてもきれいな横顔だな、と善行は今さらながら思った。整備学校の頃《ころ》に比べると髪が短くなり、少し頬が痩《や》せた気がするが。あの頃は丸顔に近かった。それもまた初々《ういうい》しくてよかったですがね、と善行は思い出し笑いをした。

「ん……なに?」

原が顔を上げると、善行はまったり茶を差し出した。

「ずいぶん遅かったじゃない」

「ちょっと隊員の身の上相談に乗っていましてね」

「ふうん。柄《がら》じゃないわね。図々《ずうずう》しい、と言った方がいいかしら? たったひとりの女も幸せにできないで」

　原はにこやかに言った。

「また嫌《いや》みですか？」

「そうよ」

　善行は一瞬たじろいだが、やがて微笑を浮かべた。

　こんなやりとりを幾度《いくど》続けてきただろう。原と出会ったのは、自分が士官学校《しかんがっこう》で予備《よび》士官の訓練を受けていた時だ。それ以来だからかれこれ四、五年になる。大陸の戦場に赴《おもむ》く前に、善行の方から離れた。生きて戻れるかどうかもわからないのに、原を待たせるのは辛《つら》かった。きっとまちがっているのだろう。原はさぞかし自分を恨《うら》んでいるのだろうな。しかし自分にはそういうやり方しかできなかった。

「なにがおかしいの？」

　原は、きっと善行をにらみつけた。

「いいえ、こんなやりとりもいいな、と思って。あと何回続けられるでしょうね」

「余裕《よゆう》たっぷりね。そういう澄ましたところが嫌いなの」

「澄ましてなんか。どうもわたしは生きることが下手《へた》なようです」

　善行は笑みを消して原を見つめた。

「わたしだって……」

原はなにごとか言いかけたが、ノートを閉じて下を向いた。そろそろ戻ろう。善行は背を向けると、黙ってその場を去ろうとした。

「わたしだって下手なんだから」

原の言葉が微《かす》かに聴き取れた。善行は息を吸いこむと、背を向けたまま歩み去った。

――わたしとあなたとは似た者同士というわけですね。

茜大介

「許さない。絶対に許さない」

三番機整備士臨時補佐《りんじほさ》・茜大介《あかねだいすけ》は火器管制《かきかんせい》システムの点検《てんけん》をしながら、しきりにつぶやいていた。傍《かたわ》らでは森精華が、同じ三番機整備士のヨーコ小杉《こすぎ》となにやら打ち合わせをしている。打ち合わせに身が入っていないことは、時折《ときおり》、茜の方をちらちらと見ることからわかる。

「僕を見るな。見物料を取るぞ」

茜がにらむと、森の眉がきっと上がった。

「そこの金髪頭。ぶつぶつ言ってないで、作業を急いで。でないと、また無職《むしょく》に逆戻りよ！」

「む、むしょく……」

茜の顔からすうっと血の気が引いた。無職とは5121小隊独特の用語で、担当部署《たんとうぶしょ》を持たない人間を差す。二十名ほどの小さな所帯《しょたい》で担当を持たないということは、当人にとっては辛《つら》いことだった。「羨《うらや》ましいよな、無職で」などとささやかれると、身を引き千切《ちぎ》られんほどに悔《くや》しく、恥《は》ずかしい思いがする。

少なくとも茜はそうだった。異常なまでにプライドが高く、自分を天才であると思いこんでいるふしがある。

「けっこうだ。やってもらおうじゃないか。こんなどんくさい整備班、辞《や》めてやる」

「それ、原さんに言える？」

「……卑怯《ひきょう》だぞ」

茜は悔しげに言った。一度、自分の魅力を確かめようと原に迫ったことがあるが、「なに色気づいてんの」と一蹴《いっしゅう》されてしまった。以来、なるべく顔を合わせないようにしている。姉は薄々《うすうす》察しているらしく、最近ではなにかというと原を持ち出す。天才といえど、過《あやま》ちはある。その過ちを衝《つ》くなんて卑怯だと茜は思っている。

「ふたりとも仲良くしてくだサイ。ね？」

ふたりのやりとりを聞いていたヨーコ小杉が、やさしく茜に微笑《ほほえ》みかけた。よけいなお世話だ、この日本語が不自由なでかぶつ女、と言おうとして言葉を呑みこんだ。

小杉には邪気《じゃき》がなかった。少し独特な日本語を話す帰化《きか》日本人だが、非人間的なまでに、やさしく穏やかに語りかけてくる。苦手だ。原の次に苦手だ。

「……」

「でないと、わたし、悲しくなりマス」

「……ごめんね。話を続けよう」

森は謝った。茜はといえば、相変《あいか》わらず仏頂面《ぶっちょうづら》である。

（くそっ、スネ毛だなんて。本気で探してしまったじゃないか……！）

なんてことを言うんだ、と茜は本気で腹を立てていた。

半ズボンにハイソックスはポリシーだ。だいたいこんな格好をできるのは僕くらいだ、僕にしか許されていない特権だ。僕はフランソワーズ茜の息子だ。昔からきれいな子と言われて可愛がられてきた。スネ毛だなんてそんなおぞましいもの生《は》えるわけがない。

「システムチェック完了《かんりょう》。……ちょっと風に当たってくる」

茜は言い捨てると、整備テントをあとにした。

二度と口をきいてやるものか。これまでは神経衰弱《しんけいすいじゃく》で十回に一回は負けてやっていたけど、二度と負けてやるものか。

傷心《しょうしん》の心を引きずって、茜は不機嫌《ふきげん》にあたりを見まわした。

「よ、よお、茜……」

茜が振り向くと、二番機パイロットの滝川陽平《たきがわようへい》が照れくさげに笑った。

「滝川か」茜もぎこちなく笑った。

「聞こえてきたぜ。あんまり姉ちゃんをイジメるなよ」

「ふ、ははは。トレンディドラマのわき役みたいなセリフだな。どう、姉さんと、うまくいっているかい？」

滝川は困惑《こんわく》して横を向いた。

「おまえなあ、よくそういうこと言えるよな」

茜のことを、はじめはイイ歳《とし》して半ズボンのおかしなやつ、としか滝川は思っていなかった。茜にとっても用途《ようと》不明《ふめい》のゴーグルを頭にかけて戦車兵を気取っている滝川は、滑稽《こっけい》でしかなかった。二、三言葉を交わして、ふたりは激突した。戦いは一方的だった。あっけなく倒れる茜を、滝川はどう扱っていいか困惑《こんわく》した。

——半ズボン、相当浮いてるぜ——

ごめん、の代わりにそんなセリフが口をついて出た。しかし茜は仰向《あおむ》けに倒れたまま、ぽつりと言った。

——死んだママンが似合《にあ》うと言ってくれたんだ。誰にも文句《もんく》は言わせない——

滝川は茜を抱え起こした。「悪《わり》ィ」滝川はしょんぼりした様子で謝った。

以来、半ズボンとゴーグル野郎《やろう》は親友になった。一度友人になってみると、茜はいいやつだった。滝川の好きなロボットアニメに関しては、茜は博識《はくしき》を披露《ひろう》した。

——ふっ、甘いな。そのセリフは『母ちゃんにだってぶたれたことないのに』じゃなく、

『おふくろに』だ。ニュアンスが微妙に違うだろ？　微妙なズレが作品の本質を見誤らせてしまうんだ。滝川は詰めが甘いよ——

などと……ふたりは飽《あ》きもせず、幾度《いくど》となく語り合ったものだ。

「決めたんだ。僕は姉さんと絶交する」

「ぜ、ぜっこうか？」

姉と絶交してどうする？　滝川はさすがにあきれて二《に》の句《く》が継《つ》げない。

「ああ、あいつは言ってはいけないことを言った」

「……スネ毛？」

「くそっ、その単語を言うな。鳥肌《とりはだ》が立ってくる」

「なあ」

「なんだ」

「俺達、死ぬのかな」

滝川はなんの脈絡《みゃくらく》もなく、ぼそりと言った。

茜は冷静に滝川の様子を観察した。こわがっているのか？　気弱な友を励《はげ》ますように茜は不敵に笑った。

「確率《かくりつ》で言えば、その可能性は高いな」

「や、やっぱ、この出動、ヤバイのか？」

「……ああ、端末《たんまつ》を使って調べたんだが、信じられない数の幻獣がここに向かっている。たぶん幻獣オリジナルを奪い返すために」

「あれか」

「ふん、なにがオリジナルだ。敵をここへおびき寄せ、相討《あいう》ちになれば上等、と上層部《じょうそうぶ》は考えているんだろう。僕達学兵は、自衛軍が再建されるまでのつなぎだ。オトリと言ってもいい。ならばオトリの役目をしっかり果たそうじゃないか……なんて口が裂《さ》けても言わないぞ！　くそっ、僕達だって人間なんだぞ」

「僕達だって人間？」

「……そんなことはどうでもいい。僕は悔しくてたまらないよ、滝川。天才を世に問うこともなく、こんなところで埋もれさせるとは。だけど、僕はやつらに負けない。なにがなんでも生き残ってやる。生き残って、やつらに復讐《ふくしゅう》してやるんだ。滝川……？」

茜は滝川の表情の変化に驚いた。滝川の目が虚《うつ》ろになっている。どうしたんだ？

「俺は、逃げたくなってきたよ」

「滝川」

「こわいんだ。これまでずっと我慢《がまん》してきたけど、俺、だめなんだよ。狭いところに閉じこめられるのって。コクピットの中で死ぬかもしれないと思うと、震えてくるんだ」

「二番機は親友……じゃなかったのか？」

茜は驚いて滝川を見た。滝川の顔から血の気が失《う》せて、体が小刻《こきざ》みに震えている。

「そうさ。俺はあいつのこと好きだ。あいつも俺に応《こた》えてくれる。けど、それとこれとは別なんだ。あの狭くて暗い中で死ぬかもしれないと考えただけで、だめなんだ」

「どうして、早く言ってくれなかった？」

「パイロットがんなこと言えるかよ。これまでは安定剤《あんていざい》でなんとか持ち堪《こた》えていられた。けど、もう限界かも。機体の前に立つと体が震えるんだ」

言い終わって、滝川はほっと息をついた。これまで誰にも言えなかったことだ。言って、少しだけ肩の荷が下りた気がした。

滝川の唐突《とうとつ》な告白に、茜は戸惑《とまど》った。しかし、すぐに冷静になった。なにをすればいい？　僕になにができるのだろう？

茜は日頃《ひごろ》の言動とは裏腹《うらはら》に、気のやさしいナイーブなやつだった。嫌みな、人を小馬鹿にしたような口のきき方は自分を守るためのバリアだった。

「滝川、よく聞け」

「……？」

「君はこれから事故に遭う。そうだな……骨の二、三本は覚悟した方がいいな。僕が協力する」

「なんだって」

「単純だが、最も有効な方法だ。薬物《やくぶつ》を使って病気を装《よそお》う方法もあるけど、見破られる確率が高い。そう、たとえば、足をすべらせ、塹壕に落ち、運悪く骨折《こっせつ》する。そうすれば君は嫌な仕事から解放される」

「ま、待てよ……」

茜の真剣なまなざしに滝川は圧倒された。こ、こいつ、本気だ……！

「その…、限界なんて言ったのはちょっと大げさだった。おまえに弱音《よわね》を吐《は》きたかっただけかもな。言っちまったら気分が楽になった」

「……そうか、それならいいんだが」

「へっへっへ、大丈夫《だいじょうぶ》。なんとか持ち堪えてみせるって。二番機にも話をする。ぶるっちまうけどなんとかよろしくってな」

滝川は言うと、整備テントに向かって駆け出した。あとに残された茜はあっけに取られて滝川の後ろ姿を見送った。なんだ、あいつ？　せっかく相談に乗ってやろうと思ったのに。

「わたくしは……」

「ま、待て。誰か来た。ああ、茜じゃないか。そんなところでなにをやっている？」

言いながら瀬戸口は手招《てまね》きをして茜を呼んだ。

茜は首を傾げながら、歩《あゆ》み寄った。自販機前の芝生《しばふ》に、瀬戸口と壬生屋がいた。壬生屋は何故か瀬戸口をにらみつけている。

瀬戸口には恨《うら》みがある。指揮車に乗りこんだ時、殴られて気絶させられた。以来、茜にとって、瀬戸口は天敵《てんてき》となっていた。

「邪魔《じゃま》したね」

茜が冷たく言ってきびすを返すと、瀬戸口は立ち上がり、茜の肩を摑《つか》んだ。

「僕に触るな」

「ははは。そうとんがるな。千客万来《せんきゃくばんらい》ってやつだ。おまえさんとは一度、腹を割って話してみたかったんだ。まあ、飲み物でもどうかな?」

瀬戸口がしきりに片目をつぶっている。

「目にごみでも?」

「ははは。まあ、そんなところかな。……頼む」

瀬戸口は小声《こごえ》で言った。

「じゃあ、バイオレットコーラをもらうよ」

茜はしぶしぶと腰を下ろした。

「邪魔じゃなかったかな、壬生屋さん」

茜が笑いかけると、壬生屋の凜《りん》とした表情が見るまに和《なご》んだ。

「いいえ、そんなこと。茜さんとは滅多《めった》にお話しませんものね。わたくし、嬉しいです」

「ほれ、バイオレットコーラだ」

瀬戸口がさっとコーラを差し出した。

「ありがとう。だけど、なんだか取りこんでいたみたいだけど。僕は人の恋路《こいじ》を邪魔するつもりはないからね。それだけは言っておくよ」

「そんな！　恋路だなんて！」壬生屋がむきになって叫んだ。

「そう、そんなに遠慮《えんりょ》するなよ。俺達は仕事の話をしていただけさ。一番機をどうオペレーティングすればいいのか。パイロットから生《なま》の声を聞かせてもらっていたのさ」

「ふ、それが手なんだね。ちょっと姑息《こそく》だと思うけど。僕は……」

言いかけたとたん、瀬戸口はすっくと立ち上がり、左手の多目的結晶《たもくてきけっしょう》を見た。

「あああっ、しまった！　善行司令から用事を言いつかっていたんだった！　俺、行くよ」

茜が言葉を発するまもなく、瀬戸口はあわただしく駆け去った。あとに残された茜と壬生屋は啞然《あぜん》として顔を見合わせた。

「彼、いつもああなの？」

「瀬戸口さんはわたくしを嫌っているんです。そうですよね、わたくしなんて。あの方にとっては路傍《ろぼう》の花、いえ石に過ぎないのですわ」

「石……」

茜はあきれて壬生屋を見つめた。壬生屋はしょんぼりとうつむいていた。

「わかってはいるのです。けれど、わたくしはあの方の声を聞くと、なんだか無性《むしょう》に懐《なつ》かしく、せつない気分になるのです。そう、大昔の遠い思い出に出合ったような」

「そう……」

これは瀬戸口菌《きん》に相当やられているなと思いながら、茜は相づちを打った。

「どうすればそんな想いをあの方に伝えることができるか、わたくし、考えました。けれど焦《あせ》れば焦るほど、あの方は遠ざかってゆきます」

壬生屋の辛そうな様子に、茜は嫉妬《しっと》を覚えた。どうしてあんないい加減なやつがこれほど想われるんだ。

知らず茜の舌鋒《ぜっぽう》は毒を含んだものとなった。

「嫌われたっていいじゃないか。あいつは君みたいな純な子を食い物にしているんだ……僕の見たところでは、あいつはナルシストのジゴロだ。自分のことしか考えないタイプさ。悪いことは言わない。あいつだけは止《や》めた方がいい」

突如《とつじょ》として壬生屋の顔色が変わった。茜をきっとにらみつけ、

「瀬戸口さんはそんな人ではありません！」

と耳元で叫んだ。茜の鼓膜《こまく》がビリビリと震えた。

壬生屋は殺気すら感じさせる目で茜をにらんだ。確か古武術《こぶじゅつ》の達人《たつじん》と聞いたことがある
……茜は動物的な恐怖《きょうふ》を感じた。

「あなたは瀬戸口さんを誤解されておられます。よく知りもしない癖《くせ》に勝手な誹謗中傷《ひぼうちゅうしょう》は慎《つつし》ん

でくださいっ！」

茜はほうほうの態《てい》で逃げ出した。くそっ、なんだってんだ。僕はあの袴《はかま》女のためを思って言ったんだ。理性を失った馬鹿な女め。勝手にしろ。瀬戸口の毒牙《どくが》にかかってしまえ。それにしても、どうしてウチの隊はこうも変わり者揃《ぞろ》いなんだ？　まともなやつといったら僕と、あとは……数えるほどしかいない。


茜は憮然《ぶぜん》として整備テントに戻った。

三番機の傍らでは、森が黙々《もくもく》と作業に専念《せんねん》していた。ヨーコの姿はなかった。茜はことさらに足音をたてて、再び作業に戻った。

森はひと言も発しない。茜はわざとらしく咳払《せきばら》いをした。

「どう、少しは反省した？」

森の声が聞こえた。茜の方を振り向きもしない。茜はむっとして言い返した。

「反省ってなにを反省するんだよ。姉さんの方こそ、僕を傷つけたじゃないか！」

「傷つけた？　いつだって傷つけられるのはわたしの方よ。確かにわたしはどんくさいけど、それなりにプライドはあるんですからね。プライドはあなたの専売特許《せんばいとっきょ》じゃないわ」

茜は絶句《ぜっく》した。言い返すことはできる。しかし、森の言葉は切実《せつじつ》な、そう、大げさに言えば魂《たましい》の叫びのように思えた。プライドはあなたの専売特許じゃない。そうだ。どんなにどんくさく欠点の多い人間にもプライドはあるのだ。

僕は知らずに姉さんを傷つけていたのかもしれない。スネ毛のことは許せないけど。

「わかった。これからは姉さんのこと、どんくさいなんて、たまにしか言わない。約束する」

——すぐに破るかもしれないけど。

瀬戸口隆之

指揮車オペレータの瀬戸口隆之《せとぐちたかゆき》は、やっとの思いで虎口《ここう》を脱《だっ》した。

状況《じょうきょう》はシンプルな方がいい。俺は純情《じゅんじょう》な娘を泣かせている女たらしの役——をなんとしても務《つと》めなければ、と思った。

壬生屋のことを考えると、次から次へととりとめもない妄想《もうそう》が湧《わ》いて出る。性的なものではない。肉体を離れた、純粋《じゅんすい》に観念《かんねん》的なものだ。

瀬戸口の意識は次元の異《こと》なる世界を感じる。またたく星々、宇宙。生きたい、そこにありたいと願う心。自《みずか》らを犠牲《ぎせい》に捧《ささ》げる英雄的な心。恐れと嫉妬《しっと》に濁《にご》った心。最愛の人を失った嘆《なげ》き、悲しみ、怒り。……言葉に翻訳《ほんやく》するだけで、瀬戸口はめまいを覚える。

おそらく壬生屋は俺が長い間求め、渇望《かつぼう》してきた人の生まれ変わりなのだろう。しかし、壬生屋は壬生屋であって、あの人ではない。

（まったく我《われ》ながら未練《みれん》がましいことだ……）

瀬戸口は憂鬱《ゆううつ》そうに微笑んだ。

視線を感じた。塹壕のあたりからだ。十名ほどの戦車随伴歩兵が、塹壕の前で車座《くるまざ》になりアサルトライフルの分解掃除《そうじ》をしている。車座の真ん中に来須《くるす》銀河《ぎんが》の姿があった。

「来須」

呼びかけると、来須は軽く手を上げた。

「どうしたんだ、こんなところで」

「……頼まれてな。新人に武器の手入れを教えている」

「嘘だろ……」

武器の手入れなど、訓練の過程《かてい》でたたきこまれるはずだ。そう思って兵達を見渡すと、皆、十四、五歳くらいの学兵だ。新品の互尊《ごそん》を身につけ、これも新品のライフルを手にしている。

「坊や達、訓練を受けなかったのか？」

「……随伴歩兵は消耗《しょうもう》が激しい。５１２１小隊にいるとそんなことも見えなくなる」

来須にしては長いセリフだった。言いながら、来須は学兵達にわかるように部品をひとつひとつ示して作業している。新人の学兵は食い入るようにそれを見つめていた。

戦車随伴歩兵とは、歩兵が対幻獣戦用にウォードレスを着用するようになってからの呼称《こしょう》である。小型幻獣を駆逐《くちく》することを任務とするが、その消耗は激しかった。

大量に育成《いくせい》され、大量に消耗し、そして大量に補充《ほじゅう》される——それが歩兵《ほへい》だ。5121小隊付きの戦車随伴歩兵はたったふたりで、主《おも》に整備員の保護、戦闘指揮車の護衛《ごえい》など人型戦車の後方《こうほう》で護衛任務につくことが多いため、歩兵小隊の過酷《かこく》さは実感しにくい。

「あれが小隊長だ」

来須が示した方角を見ると、ほっそりした久遠《くおん》を着用《ちゃくよう》した女の隊長が、手榴弾《しゅりゅうだん》を手にして隊員達の前で講義をしていた。

「けっこう可愛いじゃないか。さては来須、ほだされたな」

「……昨日《きのう》まで、この小隊はあの女ともうひとり。たったふたりきりの隊だった」

瀬戸口の言葉を無視して、来須は続けた。

「あの……来須十翼長」

隊長が呼びかけた。来須はうなずくと、新人を従えて隊長に歩《あゆ》み寄った。好奇心に駆られ、瀬戸口もついていった。

ふっくらとした丸顔の、しなやかな茶色の髪が印象的《いんしょうてき》な女性の百翼長だった。ただし、顔つきは5121小隊の面々に比べ、かなりおとなびて見える。というか、抜き難い疲労が顔に刻まれているため、おとなびて見えてしまうのだ。

「白兵戦《はくへいせん》をどのように戦えばよいのか、質問が挙《あ》がったのですが」

「……白兵戦はするな。射撃したら距離を取る。距離を取れなくなったら逃げろ」

「しかし」

「ゴブリンやゴブリンリーダーなど、小型幻獣は想像以上に動きがすばやい。下手《へた》にカトラスなどで立ち向かうと死ぬことになる」

「なるほど」

瀬戸口がつぶやいた。こうして見るといかにも来須は歴戦《れきせん》のつわものだ。

「どうしても戦わなければならない場合」

瀬戸口の目の前から来須の姿が消えた。ほどなく背後に気配。首筋《くびすじ》に冷たい感触《かんしょく》があった。

瀬戸口が横を見ると、カトラスの刃が擬《ぎ》せられていた。

「必ず敵の後ろを取る。ただし、こいつと違って幻獣には首がないから背中を狙え」

喝采《かっさい》が起こった。瀬戸口は首筋を撫《な》でて、大きく息を吐いた。

「勘弁《かんべん》してくれよ、来須」

来須は黙ってカトラスを納めた。普段《ふだん》の身のこなしから見て、瀬戸口は相当にできる、とにらんでいた。気配を察していたろうに、瀬戸口は微動《びどう》だにしなかった。

「こちらの方は……？」

「ああ、どうも。５１２１小隊指揮車オペレータの瀬戸口です。お手伝いできることがあればなんなりと」

「感謝します。３０７７独立混成《こんせい》小隊の島村《しまむら》です」

島村と名乗った百翼長は、几帳面《きちょうめん》に敬礼をした。瀬戸口もあわてて敬礼を返す。

「なんだか大変そうですね」

「いえ、任務ですから」

「この男、愛想《あいそ》ないでしょう？」

瀬戸口は冷やかすように来須を見た。島村の顔に微かに赤みが差した。

「いえ、あの……来須さんは自分にできることがあれば、とおっしゃってくれました。わたし、前は書記官《しょきかん》をしていたので、銃を撃ったことないんです。似たような人がいるから、もしかしてと声をかけたんです。B7鉄橋《てっきょう》でお見かけして」

瀬戸口はぞっとして島村をまじまじと見つめた。

「ど、どうして小隊長なんかに……」

「たぶんなにかの手違いだと思います。上にかけ合ったんですけど、辞令《じれい》が出たものはしょうがないって。この子達も――列車に乗せられたと思ったら、ここに連れてこられたんですって。調べてみたら、配属《はいぞく》先の部隊……高校は消滅《しょうめつ》していました」

「そうか」坊や達も気の毒に、と瀬戸口はため息をついた。

「時間がない。……次は四〇㎜高射機関砲の取り扱いだ」

来須は新人達を引き連れて、機関砲陣地に向かってゆく。

「わたしも教えていただきたいので。失礼します」

島村は律儀《りちぎ》に敬礼すると小走りに来須のあとを追った。

あとに残された瀬戸口は、「なんてこった」と首を振った。手違いかどうかは知らないが、まるで弾避《たまよ》けだ。武器の扱い方も知らない素人をいきなり前線に立たせるとは。これはいよいよ危なくなってきたぞ、と今さらながら思った。


公園出入り口へ向かうと、工兵隊《こうへいたい》が大わらわで鉄条網《てつじょうもう》を敷設《ふせつ》していた。ウォードレスに鉢巻《はちま》きといったミスマッチな出《い》で立《た》ちをした隊長が、声を嗄《か》らして指揮《しき》を執《と》っている。植えこみの樹木《じゅもく》は取り払われ、対幻獣用に特殊《とくしゅ》な素材で造られた鉄条網が猛々《たけだけ》しく棘《とげ》を光らせている。

ここには地雷《じらい》を埋めにゃならん、鉄条網をはずせと別の工兵隊が食ってかかっている。地図を取り出して、ふたつの工兵隊は喧嘩《けんか》腰《ごし》で言い合いをはじめた。

瀬戸口は側のベンチに腰を下ろし、唾《つば》を飛ばして怒鳴《どな》り合うふたつの集団を見物していた。

「瀬戸口さん」

三番機パイロットの速水厚志が駆け寄ってきた。速水の後ろからは相棒《あいぼう》の芝村舞がゆっくりと近づいてくる。

「よお」

「元気がありませんね。どうかしたんですか？」

「ははは。まあ、いろいろあってな。速水こそどうしたんだ?」

「三番機がまだ調整《ちょうせい》中なんです。しばらくかかるっていうから、散歩しようと思って」

このひと月ほどの間に速水厚志は大きく変わった。幻獣撃墜《げきつい》数は二百を数え、5121小隊のエースのみならず、一躍《いちやく》全軍のヒーローとなっていた。その卓越《たくえつ》した状況判断力と操縦《そうじゅう》技術はすでに人外《じんがい》のものとなりつつある。

はじめはまるで女の子のような坊やだなと思った。卵からふ化した雛《ひな》はおのれが、なにものであるか容易《ようい》に判断がつかない。何度かともに戦ううち、瀬戸口は速水の才能に目を見張った。本人もその才能を冷静に受け止め、戦場にあっては味方すら恐れさせる殺戮者《さつりくしゃ》へと変貌《へんぼう》した。

速水ほど外見と中身がミスマッチな人間もいないだろう。神様も趣味が悪いや、と瀬戸口は微かに笑った。

「あ、そうだ。ちょうどいいや。これ、食べませんか?」

速水は紙袋を取り出し、瀬戸口に差し出した。

「ああ、ご馳走になるよ」

瀬戸口はクッキーをひとかけら口に放りこんだ。速水はクッキーを焼くのが趣味だ。近頃では材料を求めて、裏マーケットを徘徊《はいかい》しているという。

「あんなものを見ていて面白いのか?」

芝村舞が尋ねた。瀬戸口の視線の先には、怒鳴り合う工兵隊員達がいる。

「なんとなく、ね。この分だとまだまだ待たされそうだ。まな板の上の鯉《こい》ってやつさ」

「そなた、面白いことを言う」

舞は精悍《せいかん》に笑った。なるほど、この俚諺《りげん》はこういう時に使うのか。舞のシナプスはすばやく用法をインプットした。

芝村舞は芝村一族の末姫にして、速水の相棒である。天才的な情報処理能力と強靭《きょうじん》な意志を持ち、三番機の火器管制を担当している。

「今回はヤバイんだろ？」

瀬戸口はうっすらと笑って舞の顔をのぞきこんだ。

「ヤバイとはどういう意味だ？」

舞も笑みを浮かべたまま聞き返した。

「死ぬかもしれない、ということさ」

「ふむ。それならわかる。わたしの計算によると、全員が生存《せいぞん》できる確率は0・01パーセントだ。三分の二が生存できる確率は、およそ2パーセント。半数だと5パーセントに跳《は》ね上がるぞ。全員死亡の確率は……」

淡々《たんたん》と言う舞を、瀬戸口はげんなりとして制《せい》した。

「……わかったよ。要するに死ぬ準備をしておけってことだな」

「死ぬ準備？　なんだ、それは」

「死ぬ覚悟、と言い換えてもいいかな」

ふむ、と舞はひときわ大きくうなずいた。感心するように何度も何度もうなずいている。

「そなたは面白い人間だな。感情と想像力が豊かだ。しかし死ぬのに覚悟もへちまもあるものか。たとえいかなる状況にあろうと、死という現象《げんしょう》が訪れるまで、生を信じ、生を厭《いと》わず、生を望んで生き続ける。それが生物というものだ」

へちま、という表現がうまく使えたので、舞は内心満足しながら言った。

「生物って。俺達はそこらの虫けらとは違うだろ。いろいろ悩んで当然さ」

「似たようなものだ。ウィルスも細菌《さいきん》も寄生虫《きせいちゅう》も昆虫《こんちゅう》も、我らと同じだ。最後の最後まで生を信じ、生を継続《けいぞく》するために戦う。馬鹿にしたものではないのだぞ」

「舞……たとえが偏《かたよ》っているよ」

たまりかねて速水が口を挟《はさ》んだ。近頃の舞は「寄生虫」に凝《こ》っている。『寄生虫のヒミツ』という本を読んで以来、なにかというとその話題を口にする。「寄生虫はよいぞ」と食事中に熱っぽく語られる方はたまったものではない。

「そうか？」

「うん。僕は瀬戸口さんの言うこと、よくわかる。人間って感情や想像力が具《そな》わっているから、死を前にして悩む。死ぬのがこわいから覚悟をして自分を落ち着かせる。僕だってこわいし、みんなだってこわがっている」

「みんな、とは。小隊の連中のことか？」

「差はあるけどね。なんとなく感じるんだ……舞はこわくはないの？」

舞はしばらく考えて、「ふむ」とうなずいた。

「なるほど。そう言われてみればこわがっているふしがある。そもそもこのような会話をすること自体、そういうことなのだろうな。瀬戸口よ、厚志よ、感謝する。そなたらがいなければわたしはおのれの感情に気づかぬところであった」

舞が大まじめに礼を言うと、速水と瀬戸口は吹き出した。

「なにがおかしい？」

舞の眉が上がった。きっとなってふたりを見つめる。

「感謝されても……困るんだけど」

「ええ、と。その…なんとなく安心してさ」

「安心すると笑いの発作《ほっさ》が起きるのか？　厚志よ、唾《つば》が飛んだぞ、唾が。だいたい瀬戸口と一緒になって笑うとはけしからん。笑うならわたしと一緒に笑え！」

「ご、ごめん」速水はしぶしぶと謝った。

瀬戸口は身を折り曲げて、笑いの発作と闘《たたか》った。なんという楽しいふたり。戦闘になれば冷《れい》徹《てつ》な殺戮者に変貌するふたりだが、今のふたりは漫才《まんざい》コンビだ。

こいつらなら……きっとなにかをやってくれる。

俺はせいぜい見守らせてもらうこととしよう、こいつらの行く末を。

「さて、と。そろそろ行くよ。お邪魔虫は退散《たいさん》ってね」

瀬戸口は腰を上げた。

「ああ、そうだ、芝村。幻獣オリジナルのことなんだけどさ」

「ふむ？」

「愉快《ゆかい》なジョークだよな。そんなもののためにここにいる連中《れんちゅう》が戦わなければならないってのがさらに愉快だ」

「なにが言いたい？」

舞の目が光った。知らず笑みを浮かべている。

「ちょっとした逆説《ぎゃくせつ》、かな。これでも俺は人間の味方なんでね」

「涙もろい味方だな。頼りにならん」

舞は覇気《はき》のあるまなざしを瀬戸口に投げた。速水は怪訝《けげん》な顔でふたりを見比べている。

「ははは」

瀬戸口は手を上げると、ふたりに背を向けた。

「ただいまー」

指揮車のハッチを開けると、東原が嬉しげに瞳《ひとみ》を輝かせた。

「お帰り、たかちゃん！　たくさん風に当たった？」

瀬戸口は微笑むと、東原の頬にそっと手を触れた。すべすべして温かい。しばらく黙っていると、東原が小首を傾げた。

「悲しそうだね」

「少しね。もうちょっと触っていていいかな」

「うん」

善行がスクリーンに目を凝《こ》らしながら声をかけてきた。

「異状《いじょう》はありませんでしたか？」

「特には。ああ、我が隊のお隣さんのことですが、全員が素人。戦死志願者《しがんしゃ》ってところですね。来須が面倒見ていました」

瀬戸口の言葉に、善行は微かにうなずいた。

「彼らしいですね」

「ええ」

「ぎんちゃんがどうかしたの？」

東原が怪訝な顔をした。瀬戸口は東原の頬から手を離すと、にこっと笑いかけた。

「今度は俺がお留守番だ。東原、遠慮《えんりょ》しないで風に当たってこいよ」

——そうだな、涙もろい味方なんてあてにならないよな。

原日記III

何もかもが不足している。生体部品をはじめ、土魂号の部品類を探すのは砂浜でなくしたエンゲージリングを探すのと同じくらい難しくなっている。

世間ではあの男を「調達の名人」とか呼んでいるらしいが、わたしに言わせればまだまだ甘い。書類上の操作だけで物資が手に入ると思っているんだもの。お祈りすればサンタさんがプレゼントを持ってきてくれるって信じ込んでいるようなものだ。ジャガイモや弾薬だったらサンタさんは通用するけど、土魂号はだめね。悪魔と手を結ぶ覚悟がなければ、部品は手に入らない。

そう、わたしの耳には悪魔のささやきが聞こえる。

「サンタさんが来てくれないのなら、自分がサンタになればいいのよ！　サンタになって、自分で自分にプレゼントするの！　さあ、行きなさいっ！」

……という思想教育を皆に施した後、昨夜、第八次イ号作戦を決行。

我が整備班の黒サンタ達は夜陰に乗じて物資集積所に潜入し、目的の物資を調達した。貴重な生体部品をはじめ、士魂号装備一式、たんぱく燃料等。回を重ねるにつれ、皆、手口が大胆かつ巧妙になって、頼もしい限り。はじめはこわがっていた森でさえ、「先輩、これこれ！」なんて嬉しげに獲物を持ってくるようになった。彼女もようやく一人前になりつつある。

サンタさんが来てくれるのを指を銜えて待っているような人間は整備班には不要だ。官僚的にしてけちんぼな兵站機構を糾弾せずして、「盗みはいけないですぅ」なんて薄ぼんやりした道徳感を振り回す人間も整備班には不要だ。

整備班に必要なのは、常識にとらわれず、たとえ悪魔と手を結んでも自らの力で運命を切り開く人間ね。わたしはその点、自信がある。

けれど、報われないのよね。こんなに一生懸命やりくりしているのに、あの男はねぎらいの言葉ひとつかけてくれない。たまには食事でも誘ってくれたってばちは当たらない。どうしてああも鈍感なのだろう。同じ生き物とは思えないわ。

――善行の馬鹿。

第五話

緒戦 ——5121小隊整備班

四月二十四日　　　霧雨

灯火管制のため、今、暗視ゴーグルをつけて日記を書いている。外は小雨がぱらつく肌寒い天気。夜が明けたらわたし達にはどんな運命が待っているのだろう。覚悟はできているけど、本音を言えば死にたくない。幻獣が目の前に迫ってきたら、銃を撃って、それでもだめだったら引っ掻いて噛みついて、一秒でも多く生きていたい。

これまで皆、よくやってきたと思う。この救いようのない戦争を、逃げずに、目を背けずに、戦ってきた。神様がいるとしたら、彼らに報いてやって欲しい。どうか小隊が全員無事でありますように。何十年か経って、平穏な日常の中でわたし達が子や孫に、戦争のことを話せる時が来ますように。

お伽話の結末はいつだって「めでたしめでたし」でなければいけないのだ。

（『原日記』より）

四月二十四日〇五三〇時。

すでに夜は明けたというのに、重く立ちこめた雲に陽《ひ》は隠れ、空は暗い。時折《ときおり》、小雨がぽつりぽつりと落ちてくる。

春だというのに肌寒《はださむ》く、じめついた朝だった。公園内には靄《もや》が立ちこめていた。

陣地《じんち》はしんと静まり返っていた。交替《こうたい》で見張りについている兵が身じろぎする音が、やけにくっきりと響《ひび》く。深夜まで続いた砲声《ほうせい》は途《と》絶《だ》え、夜空を赤々と照らした閃光《せんこう》は消えていた。

不意に静寂《せいじゃく》を破って砲声が鳴り響いた。同時に稲光《いなびかり》のような閃光が空に走った。サイレンが鳴り響き、公園内のスピーカーから無機質《むきしつ》な声が響き渡った。

「中・大型幻獣《げんじゅう》を含む有力な敵が市内に突入《とつにゅう》。現在、味方と交戦《こうせん》しつつあり。繰り返します。有力な敵が市内に突入。現在、味方と交戦しつつあり。総員戦闘配置《せんとうはいち》についてください」

陣地がめざめた。戦車随伴歩兵《スカウト》が走り、戦車兵はハッチを開け装輪式《そうりんしき》戦車にすべりこんだ。

「はじまったようですね」

善行忠孝《ぜんぎょうただたか》は戦況分析《せんきょうぶんせき》スクリーンに目を凝《こ》らした。阿蘇《あそ》、合志《こうし》、山鹿《やまが》、玉名《たまな》各戦区から発したおびただしい赤い光点が、熊本城《くまもとじょう》をめざして進んでいる。

「敵前衛部《ぜんえいぶ》隊《たい》、龍田《たつた》ポイントを突破。県道《けんどう》沿いに侵攻《しんこう》中。当陣地まであと一・五キロの距離《きょり》に迫っています」

瀬戸口隆之《せとぐちたかゆき》の淡々《たんたん》とした声が指揮《しき》車《しゃ》内に響く。

「司令《しれい》、ご指示を」

整備班主任《せいびはんしゅにん》・原素子《はらもとこ》から通信が入った。心なしか声が硬い。善行は眼鏡《めがね》を直すとやわらかな声で応じた。

「全員、指揮車前に集合してください」


ハッチを開け、指揮車から降り立つと、全員の視線が集まった。

日頃《ひごろ》はマイペースな彼らにも似ず、どの顔も目を光らせ、生《き》まじめに口許《くちもと》を引き結んでいる。

善行はつかのま視線を宙《ちゅう》にさまよわせた。見覚えのある光景だ。隊の雰囲《ふんい》気《き》も兵の気質も天と地ほどの差があったが……あの時も兵達は同じような顔をしていた。

やがて迷いを断ち切るように隊員に向き直ると、善行は言葉を探すように、低い声で話しはじめた。

「ここにいる全員が揃《そろ》うのは、これが最後かもしれません。……だからどうした、とわたしは思います。ここにいるのは仲間です。死のうと、生きようと。同じ時を生きて、同じ未来のために、同じ敵と戦う仲間です」

学兵《がくへい》達を見まわして、善行はやりきれなさを覚えた。どの顔も真剣だった。真剣であればあるほど、十代のあどけなさが顔に表れてしまう。戦争など冗談《じょうだん》としか思えない年齢《ねんれい》だ。

善行は息を吐《は》くと、言葉を継《つ》いだ。

「……わたしは生きろとは言いません。立派《りっぱ》に戦ってくださいと言います。そのあと、生き残るかどうかは、どこかの誰かが決めるでしょう。ここで勝てば、被害《ひがい》は最小限で抑《おさ》えられる。だから勝ちましょう。それでたくさんの人命《じんめい》が守られる。以上です」

隊員達は無言《むごん》で各自の部署《ぶしょ》に散った。

善行は瀬戸口らとともに指揮車に乗りこんだ。OPENにしてある回線《かいせん》から刻一刻《こくいっこく》と戦況が流れてくる。

「龍田ポイント、沈黙。熊本大ポイント、現在交戦中。確認されている敵はきたかぜゾンビ三、ミノタウロス五、ゴルゴーン四。後続《こうぞく》の敵戦力は不明」

瀬戸口の報告にうなずくと、善行は自《みずか》らマイクを取ってパイロット達に指示を下した。

「全士魂号《しこんごう》、クールよりホット。全機体ウォーミングアップ」

「一番機準備完了《かんりょう》しました」

ほどなく壬生屋未央《みぶやみお》から通信が入った。「二番機、OKです」滝川陽平《たきがわようへい》の声が続く。

「三番機、いつでも行けるぞ」

芝村舞《しばむらまい》のそっけない声が最後に響いた。善行は深呼吸《しんこきゅう》すると、静かに言った。

「士魂号、出撃《しゅつげき》」

三体の巨人がゆっくりと動き出した。人工筋肉《じんこうきんにく》をきしませ、地響きをあげて陣地をあとにする。

朝靄を割って、伝説の巨人達が出撃してゆく。

善行が指揮車の機銃座《きじゅうざ》に陣取《じんど》ると声がかかった。

原素子が目を光らせ、こちらを見上げていた。善行はふっと口許をほころばせると、原をからかうように言った。

「顔がこわいですよ。せっかくの美女が台無《だいな》しですね」

「こわくて悪かったわね。司令こそ、ぼんやりとして頼りない感じよ。僕は道に迷った旅行者ですって顔してる」

「それ、どういうたとえですか？」

「そのままよ。けど、あの演説《えんぜつ》はけっこう格好《かっこう》良かった。辛《つら》そうだったけどね」

善行は苦笑《くしょう》してかぶりを振った。

「さて、そろそろ行きます」

「しっかりね。死んじゃだめよ」

善行はうなずくと、軍人らしい几帳面《きちょうめん》な敬礼《けいれい》を送った。


士魂号が出撃してからほどなく、ジャイアントアサルトの射撃音《しゃげきおん》が聞こえてきた。

三番機がミサイルを発射《はっしゃ》したのだろう、一キロメートルほど離れた市街地《しがいち》の方角から、続けざまに轟音《ごうおん》が聞こえ、オレンジ色の光が明滅《めいめつ》した。

「はじまったわね」

　整備テント前で原素子は静かにつぶやいた。

　梃子《てこ》でもここを動かないぞといった風に足を踏ん張り、気難《きむずか》しげに腕組みをしている。ファンクラブができるほどのミスコン顔には似合《にあ》わぬ勇ましさだった。

　そんな原をちらと見て、整備班副《ふく》主任の森精華《もりせいか》は顔を赤らめた。森にとって原は憧《あこが》れの先輩だった。なにをやっても格好《かっこう》良くて、様になる。少しでも原に近づこうと、森は必死で整備技《ぎ》能《のう》を磨《みが》いたものだ。

「森さん、顔が赤いわよ。風邪《かぜ》でも引いた？」

　原に声をかけられて、森はあわてて頬《ほお》に手をやった。

「大丈夫《だいじょうぶ》です。……今日《きょう》は長い一日になりそうですね」

「そう、先は長いわ。士魂号の替えは？」

「あ、はい。単座《たんざ》の軽装甲《けいそうこう》、それから複座型《ふくざがた》はセットアップが終わっています。あと、重装《じゅうそう》甲《こう》は部品の相性《あいしょう》が悪くて、少し……」

「中村《なかむら》君はなにしてるの？」

　原は不機嫌《ふきげん》に一番機整備士の中村光弘《みつひろ》の名を口にした。まったく……買い出しに行く暇《ひま》があったら、仕事をしろっていうのよ。メロンパンはおいしかったけど。

「中村君も一生懸命《いっしょうけんめい》なんです。もう少し、待ってください」

　今回の作戦では、士魂号の替えを各一機ずつ用意している。むろん、慢性《まんせい》的な部品欠乏症《けつぼうしょう》に悩む整備班のことゆえ、代替機《だいたいき》を揃えるには血のにじむような努力をした。

定例《ていれい》となった物資《ぶっし》集積所《しゅうせきじょ》への調達《ちょうたつ》任務——イ号作戦の他、戦場へ赴《おもむ》き、他の部隊の遺棄《いき》された機体から部品をむしり取ることまで、なんでもやった。特に「むしり取り」は、危険が大きいため、善行には内緒《ないしょ》でやったことだった。幸《さいわ》いにも犠牲《ぎせい》者が出ることもなく、整備班は最後の総棚《そうたな》ざらい、出血大サービスを成功裏《せいこうり》に終わらせようとしていた。

「真っ赤だぁ！　空が真っ赤に燃えているゥ！」

能天気《のうてんき》な声が響き渡った。原の頬《ほお》がぴくりと引きつった。

中村と同じ一番機整備士の岩田裕《いわたひろむ》が身をくねらせながら戦場の方角を眺め、シャウトしていた。岩田は自らを「歩くギャグパターン」と豪語《ごうご》しているはた迷惑《めいわく》な男だった。バナナの皮にすべって転ぶといった類《たぐい》のベタなギャグをこよなく愛し実践《じっせん》して、他の隊員達に少しばかりの笑いと大いなる困惑《こんわく》を与え続けている。

見かけによらず頭が良く仕事もできるのだが、原は岩田に辛抱《しんぼう》強く整備班の常識というものを教えなければならなかった。仕事中は危険だからすべって転ぶギャグはだめ、女子がこわがるからシャウトはだめ、できればくねくねと身をくねらせるのも慎《つつし》んで欲しい、と。

「先輩……恥《は》ずかしいです」森がもじもじとした様子《ようす》でささやいた。

他隊の兵の目が自分達に注《そそ》がれていることを察して、原はにっこりと岩田に笑いかけた。

「岩田君。黙らないと生体脳《せいたいのう》にするわよ」

岩田は「ノオオ」といっそう身をくねらせた。

「フフフ、そうでした。報告でぇす。単座型重装甲の代替機、セットアップ終わりました」

「そう、これでひと安心ね。あの不器用《ぶきよう》で不細工《ぶさいく》な娘《こ》が、いつ壊しても」

一番機パイロットの壬生屋未央《みお》に原はどうしたわけだか目をかけている。

「……あの娘、どうしているかしらね」

原はぽつりと言った。

「頑張《がんば》りやさんですから。無理をしなければいいんですけど」

森が応じた。森は自己表現が下手《へた》な不器用者同士、壬生屋には友情を感じている。

「けど、先輩って本当に壬生屋さんのこと好きなんですね」

「まさか。あの娘が機体を壊すたびに、わたし達がどれほど徹夜《てつや》したか、あなたも知っているでしょ？　ただ、からかうとむきになって面白《おもしろ》いからかまっているだけよ」

「はいはい。わたし、壬生屋さんが羨《うらや》ましいです」

「あなたも面白いわよ、森さん。なんでも本気にするし、死ぬほど思いつめちゃうし。悪い男に騙《だま》されないようにね」

「そんな……」

森は親しい男達の顔を思い浮かべた。あれと、これと……子どもばっかり。自分がこんなセリフを言えるのはいつになるだろう。

「緊急連絡です！」

田辺真紀《たなべまき》が小走りに駆けてきた。あわてるあまり、足をつんのめらせ、モロに地面とキスしてしまった。

「グレート！　君のギャグは地球を超えるウゥ♪」

原が一瞥《いちべつ》すると、岩田はさっと整備テントの陰に隠れた。

「田辺さん、眼鏡《めがね》割れてる……」

原が抱《かか》え起こすと、田辺は気弱そうに微笑《ほほえ》んだ。

「あ、気にしないでください。善行司令から連絡が入っています。東原《ひがしはら》さんを後方《こうほう》へ下がらせたいとのことです。至急《しきゅう》、出迎えの者を……」

原は最後まで聞かずに整備テントに戻った。

整備班は補給車《ほきゅうしゃ》とテントにしか無線機《むせんき》を支給《しきゅう》されていない。テントにあるのは二次大戦《にじたいせん》の遺物《いぶつ》かと思われるようなレトロで巨大な無線機だ。原は主任用のデスクに座り、重たげなマイクを手にすると善行を呼び出した。

「どういうことかしら？」

「伝えた通りです」善行の声が雑音交じりに聞こえる。

「そうじゃなくて、どうして今になって東原さんを下がらせるの？　もしかして戦いが……」

「……壬生屋機にトラブルがありましてね。現在、二機で戦闘を続行中《ぞっこう》です。戦力が大幅《おおはば》に低下した状態なので、万が一のことを考え、東原君を下がらせることにしました」

「トラブルって。壬生屋さんは無事《ぶじ》なの……？」

原は壬生屋の顔を思い浮かべた。壬生屋には危なっかしいところがある。

「おそらくは。詳しいことはのちほど」

善行は原の質問をはぐらかすと無線を切った。原は憮然《ぶぜん》となったが、思いついて壬生屋機に通信を送った。返事はなかった。爪を噛《か》んで考えこむ原を、森と田辺が心配そうに見ている。

「壬生屋さんがどうかしたんですか？」森が尋《たず》ねた。

「あ、心配しないでいいのよ。ちょっとしたトラブルだって……」

ふと視線を感じた。にらみつけると、岩田がにやっと笑った。

「……岩田君、行ってくれる？」

「フフフ、任せてください」

岩田は相変《あいか》わらず身をくねらせながら、敬礼らしき仕草《しぐさ》をした。

閃光がしだいに近づいてくる。

東原ののみは岩田に背負《せお》われて、陣地へと向かっていた。陣地まで八百メートルほどの距離にある市街地の一画である。

「ねえ、裕ちゃん、わたし、とくべつあつかいされるのいやだよ」

東原は背でむずかった。

後方へ下がってくださいと善行に言われて、東原は手すりに摑《つか》まって抵抗した。瀬戸口や、石津《いしづ》、ブータと一緒《いっしょ》にいたかった。たとえ「いまでもむかしでもないどこかへ」行くことができなくっても、最後まで一緒にいたいと東原は願った。しかし瀬戸口も石津も、黙って東原の指をほどいた。

――東原さん……にはやることがあるわ。あなたにしかできないこと――

石津萌《もえ》が微《かす》かに口許をほころばせて言った。

――そうだ。今の俺達にはできないことさ。とっても大切なことなんだ――

瀬戸口もやさしく笑って東原の頭に手を置いた。隊員達とともにいたかったのか、指揮車に潜《もぐ》りこんでいた猫のブータもヒゲをピンと立てて、東原を励《はげ》ました。

とっても大切なことって？　東原には、それがなんだかわからなかった。

「東原には前線で戦うことより、もっと大切な任務があるでしょう」

岩田の声が聞こえた。これまでに聞いたことのない、静かな落ち着いた声だった。

「ふぇ？」

東原が首を傾《かし》げると、岩田は続けた。

「祈ってください。皆《みな》、こわくて、足がすくんで、絶望しています。けれど、東原が祈っていてくれれば、すくんだ足は一歩前に進むことができます。絶望する心は、希望を見つけて、もう一歩前に進むことができます」

「ののみさんは知っているはずですよ。どこかでののみさんが祈っていてくれる。そう思えればこそ、皆、死と立ち向かっていけます」

「裕ちゃん……」

「はっ、わたしったらなんということを！　せっかくの出番なのにまともなことを言ってしまいました！　わああ、お母さんなんて嫌いだ！」

岩田はいつもの調子《ちょうし》に戻ってシャウトした。女子の中には岩田をこわがる者もいたが、東原は岩田が好きだった。

岩田の「新しいギャグ」に感心して、飽《あ》かず何度でもせがむのは東原くらいだった。岩田の方でも気にかけているらしく、東原の前ではパフォーマンスが倍増《ばいぞう》する。

「お母さん、嫌いなの？」

「……フフフ、ののみさん、やりますね。ナイスボケです。それとも、『どうせ僕なんて橋の下で拾われてきたんだ』の方が良かったでしょうか」

「裕ちゃん、拾われてきたの？」

「ええ、思い起こせば三億年前、わたしが海をたゆたうアンモナイトだった頃……しっ、足音が聞こえます」

ふたりは路地裏《ろじうら》の用水桶《ようすいおけ》の陰に隠れた。重たげな足音がして、目の前を一匹のゴブリンリーダーが通り過ぎていった。二メートルと体長は人並みだが、手足が異常にたくましく、全身が茶褐色《ちゃかっしょく》の外皮《がいひ》に包まれている。巨大なひとつ目がちらとこちらをうかがったような気がして、ふたりはあわてて首をすくめた。足音はなおも続き、今度はナーガが異様《いよう》に長い胴《どう》をくねらせながら通り過ぎた。岩田は東原を下ろすと拳銃《けんじゅう》を取り出した。

「裕ちゃん、こわいよ」

「こわいのは同じです。敵をやり過ごします。少しだけ我慢《がまん》してくださいね」

東原は岩田の声が震えているのに気づいた。背後《はいご》になにものかの気配がした。何気《なにげ》なく振り返ると、自分と同じくらいの背丈《せたけ》の幻獣と目が合った。ゴブリンだ！　東原は声を呑《の》みこむと、三メートルほどの距離を挟《はさ》んでゴブリンと見つめ合った。

「裕……ちゃん」

「静かに。わたしだってシャウトしたいのを我慢しているんですから」

「そうじゃなくて。ゴブリン……」

どうしてゴブリンはすぐに襲ってこなかったんだろう、と東原はのちに考えたものだ。ゴブリンの、猫の目のように虹彩《こうさい》が発達した目は確実に東原をとらえていた。

恐怖心《きょうふしん》はなかった。不思議《ふしぎ》なことに、今自分がにらみ合っているゴブリンには自分が散々《さんざん》感じてきた背筋《せすじ》が粟立《あわだ》つような殺意《さつい》は認められない。無表情なひとつ目が、好奇心《こうきしん》を露《あらわ》にしてこちらの様子をうかがっているようにさえ思えた。

（どうして……？）

東原は心の中で幻獣に語りかけた。次の瞬間、ゴブリンは背を向けると高々と跳躍《ちょうやく》して塀《へい》の向こうに消えた。

「ゴブリンがどうかしましたか？」岩田が振り向いた。

「ゴブリンがそこにいたの。じっとわたしのこと、見ていた」

「フフフ、脅《おど》かしっこはなしですよ。そのゴブリンとやらはどこにいるんです？」

「行っちゃった」

「ののみさんは夢でも見ていたんでしょうよ。ゴブリンに見つかってただで済むわけはない。危険なやつです。それが本当なら今頃はふたりともバラバラ死体になっています」

「裕ちゃん、ゴブリンリーダー……」

東原の瞳孔《どうこう》が見開かれた。その目には一体のゴブリンリーダーが映っていた。足音を殺して接近したらしい。狭い路地裏に進入しようとしているが、太い手足が邪魔《じゃま》して果たせずにいる。

今度は明確《めいかく》な殺意が襲ってきた。

「ノオオ、ののみさんは狼《おおかみ》少年ですかぁ？　今に誰も信じてくれなくなりますよ」

「うそじゃないもん」

東原の差す方向を見て岩田の表情が凍りついた。

拳銃を構え、一発二発と撃った。しかし銃弾《じゅうだん》を受けても敵はびくともしない。どうやら路地裏に進入するのをあきらめたらしく、武器のトマホークを振りかぶった。東原は必死に逃げ道を探った。ふと民家《みんか》の格子戸《こうしど》が目に入った。

「あっちよ！」

東原の声に岩田はすばやく反応した。東原を抱えると、格子戸に体当たりして民家の玄関に転がりこんだ。

トマホークが風を切る音が通り過ぎ、次《つ》いで機銃の掃射《そうしゃ》音が聞こえた。

東原が顔を上げると、聞き覚えのある声が耳に飛びこんできた。

「誰かいるのか？」

「おおウ、その声は……！」

「銀《ぎん》ちゃんだよ！」

東原が飛び出すと、来須銀河《くるすぎんが》は目をしばたたいた。

「なにをしている？」

「裕ちゃんといっしょにじんちにかえるの。たすけてくれてありがとね」

「フフフ、お陰で助かりました。あなたは強い、強いイイイ！」

来須は黙ってかぶりを振った。結局《けっきょく》、ふたりは来須に護衛《ごえい》され、公園入り口までたどり着いた。目の前に陣地が見えてきた。東原と岩田を待ち受けていた整備班の面々が陣地から出て駆け寄ってくる。岩田はあわてて東原にささやいた。

「ののみさんに頼みがあります」

「なに？」

「この仕事が終わったら、GIVE　ME　YOUR靴下《くつした》。家宝《かほう》にして大切にしますです」


「東原さんが着いたわ」

原は通信を送った。デスクの側《そば》では、整備員達が東原を囲んで、ジュースを出したりチョコレートを出したりと、ねぎらっていた。東原は椅子《いす》に座って脚《あし》をぶらぶらさせながら、整備員の歓迎《かんげい》ぶりにきょとんとした顔をしている。

「……東原君、どうですか？」善行から返事があった。

「途中《とちゅう》、敵と出合ったらしいけど、落ち着いたものね。岩田君の方が興奮《こうふん》している」

整備テント内に響き渡る岩田のシャウトに顔をしかめ、原は言った。

「ええ、東原君はいつだって冷静ですよ」

「善行さんがうつったのかしらね。もしかして隠《かく》し子《ご》？　なんちゃって」

回線《かいせん》からため息が聞こえてきた。

「……そちらはヒマそうですね。ああ、こちらもよい報《しら》せです。壬生屋機が戦列《せんれつ》に復帰《ふっき》しました。どうやら脳震盪《のうしんとう》を起こしていたようです。機体にもさほどの損傷《そんしょう》は見られません。もっとも彼女、あなたに怒られるのではないかと気にしていましたが」

「やあねえ、わたし、怒ったりなんかしないわ。帰ったらやさしく抱き締めてあげる」

原は嬉《うれ》しげに笑った。

「……市内に突入した敵はとりあえず撃破《げきは》しました。我々《われわれ》はこれより植木《うえき》方面に向かいます。植木環状《かんじょう》陣地を拠点《きょてん》にして、しばらく戦闘行動を行う予定です」

「本当のところどうなの？　戦況は」

「ええ、今のところ順調です。ただし、北の植木環状陣地は相当な敵の圧力を受けています。この要塞《ようさい》陣地でどれだけの敵戦力を削《そ》げるかが戦局の焦点《せんきょくしょうてん》でしょうね」

「環状陣地に士魂号の整備員がいるか問い合わせてみましょうか？　もし一般《いっぱん》の整備員だけだったら申し送りすることがあるし」

「そうですね、フォローしてもらえればありがたいですね」

「ホホホ、お安い御用《ごよう》だわ」

通信を切ると整備員達の視線が自分に注がれているのを感じた。長電話を親に咎《とが》められた少女のように原は気まずさを感じたが、気を取り直し、こわい目で整備員をにらんだ。

「戦況は順調。もうひと働きしたら帰還《きかん》するって。忙《いそが》しくなるから覚悟《かくご》しておいてね」

狩谷《かりや》夏樹《なつき》は黙々《もくもく》と代替機《だいたいき》の点検《てんけん》を行っていた。

点検はこれで三度目だ。念には念を入れて、との狩谷の性格もあるが、実は整備テントから一歩も出たくなかった。一歩外へ出ればそこは戦場で、車椅子《くるまいす》の狩谷にとっては自分の無力《むりょく》さを痛感《つうかん》させられる世界だった。

どんなきれいごとや建前《たてまえ》を言っても、戦場での自分は場違いな存在でしかない。足を返して欲しかった。足さえ戻ったら、なんだってやる。どんな過酷《かこく》な戦場にも身を投《とう》じよう。

しかしどんなに自分が願っても、現実は変わらなかった。自分が怒ろうが叫ぼうが嘆《なげ》こうが、時間は無慈悲《むじひ》に過ぎてゆく。破滅を想像するようになったのはいつの頃からだろう。

死んでしまえば皆同じになる。そう、皆死んでしまえば——。

幻獣が人類の味方であるとか、地球が遣《つか》わした環境再生《かんきょうさいせい》の使者であるなどという共生派《きょうせいは》の一派の主張は戯言《ざれごと》にしか思えなかった。むしろ無慈悲にして理不尽《りふじん》な天罰《てんばつ》であると考える方が狩谷の好みには合っていた。子どもが面白半分に蟻《あり》の巣をたたき潰《つぶ》す。そんな理不尽な運命によって人類は滅《ほろ》び去る。あとには感情を持たず、よけいなことを考えることもない、ただ生存と遺伝子《いでんし》の継承《けいしょう》に忠実な生き物のみが残される。

(幻獣とは人類を淘汰《とうた》するための一機構なのかもしれない。もちろん、何故《なぜ》淘汰されるかは人類の理屈《りくつ》では説明がつけられない……)

狩谷は苦笑した。無力だから、こんなことばかり考えている。

「なっちゃん、膝《ひざ》掛け持ってきたで」

顔を上げると事務官《じむかん》の加藤祭《かとうまつり》が笑いかけていた。

加藤は狩谷の中学時代の同級生だった。その頃の狩谷はバスケットボールの選手で成績は常にトップを保《たも》っていた。当時、加藤とはほとんど話をした記憶《きおく》がない。いつも誰かの後ろに隠れているような少女だった。

車椅子の身となってから狩谷は出身地を離れ、熊本に赴任《ふにん》したのだが、どうしたわけだか加藤も一緒だった。以来、加藤はずっと狩谷を介護《かいご》し、世話を焼き続けている。

加藤は鈍感《どんかん》な女だ、と狩谷は思う。

好意のつもりかもしれないが、元気な頃の自分を知っている人間に世話を焼かれるということが、どんなに自分を傷つけることか、加藤にはまったくわかっていないらしい。

「君は救いがたい女だな」

「あはは、また出たね、それ。一日一回、それを聞かんと落ち着かんわ」

加藤は何故か学兵《がくへい》になってからしゃべるようになった怪《あや》しげな関西弁《かんさいべん》で言うと膝掛けを敷《し》いた。その拍子《ひょうし》に加藤の髪がはらりと垂《た》れた。シャンプーと、少しだけ加藤の汗のにおいがした。

中学の頃はただの痩《や》せて陰気《いんき》な女の子だったが、隊に来てからの加藤は生き生きして、時々はっとするほど女らしく見えることがある。

狩谷は照れ隠しに唇《くちびる》をゆがめた。

「僕は仕事があるから」

「けど、田辺さんに聞いたら終わったって。飲み物も持ってきたんよ」

「……外の様子《ようす》はどうだ?」

カップに注がれたコーヒーを受け取りながら、狩谷は尋ねた。遠くで砲声が聞こえてくるが、付近はしんと静まり返っている。

「お客さんはまだ来ておらんわ。わたしもヒマしてる」

「君のことなど聞いていない」

「そうそう! お隣さんが挨拶《あいさつ》に来た。戦闘には慣れていないのでよろしくって。ウチらによろしく言われても困るよね。原さんが困る顔ってはじめて見たわ。その隊長さん、元は事務官だったんやて。少しだけ話が弾《はず》んだ、かな」

「事務官が隊長《たいちょう》か。世《よ》も末《すえ》だな」

「だから大奮発《だいふんぱつ》してジャガイモとインスタントコーヒー、分けてあげた」

「……目が赤いぞ、加藤。風邪でも引いたのか?」

「あら、心配してくれるの?」

「馬鹿、そんなんじゃない。うつされたら困ると思っただけだ」

狩谷は車椅子を操《あやつ》って、加藤に背を向けた。加藤はしばらく黙っていたが、やがてこれまでとは違う静かな口調《くちょう》で話しはじめた。

「なっちゃん、そのままで聞いて。なっちゃんがわたしのこと嫌っているのはわかってる。

……哀《あわ》れみや同情を押しつける嫌《いや》な女だって思ってることも知ってる。わたしがつきまとえばつきまとうほど、なっちゃんは辛いんだよね」

「……黙れ」

「けど、違うんよ。哀れみなんかじゃないんよ。わたし、なっちゃんがいてくれないと困る。なっちゃんはわたしに介護されるの嫌かもしれないけど、わたしは嬉しいんよ。だってずっと側にいられるんだもの」

「馬鹿なやつだ」

狩谷はコーヒーを飲み干すと、車輪に手をかけた。つき合っていられない。馬鹿女。加藤は自分に酔《よ》っているだけだ、と思った。

「そうだね、馬鹿だね」

加藤の声が近づいて、狩谷は後ろから抱きすくめられた。加藤の髪のにおい。狩谷は加藤の腕を払いのけようとしたが、何故か身体《からだ》が動かなかった。

「こわいんよ」加藤は涙声になっていた。

「加藤、泣くな。泣かれると困る」

狩谷は息を調《ととの》え、努《つと》めて冷静な声を出した。加藤の手の感触《かんしょく》があった。いつのまにか狩谷は加藤の手を握ってやっていた。

サイレンが鳴り、スピーカーの声が事務的な口調で敵襲《てきしゅう》を告《つ》げた。

「京町《きょうまち》方面より小型幻獣の大群が出現。当陣地に向かいつつあり。到達《とうたつ》まであと五分、各隊迎撃《げいげき》態勢を取ってください」

あわただしい靴音がして、原素子がふたりの前に立った。東原ののみと手をつないでいる。後ろには護衛のつもりか、遠坂《とおさか》、岩田、中村の三人組が控《ひか》えていた。原と東原以外は全員アサルトライフルを手にしていた。

「緊急事態よ。加藤さん、お願いね」

「わかりました」

加藤は目元をぬぐうと狩谷に向き直った。

「テント裏の地下に廃棄《はいき》された消火《しょうか》用の貯水槽《ちょすいそう》があるんよ。わたしが案内するから、なっちゃんと東原さんは避難《ひなん》して」

「その必要はないよ。自分の面倒《めんどう》は自分で見る……」

言い終わらぬうちに中村が車椅子を押した。

「こ、こら！　勝手なまねをするな」

「ほんの少しの辛抱《しんぼう》だけん。つべこべ言わずにつき合ってもらうたい」

整備テント裏に、コンクリートの建物があった。錆《さび》を浮かせた鉄の扉《とびら》を開けると、階段の下から湿った空気が流れてきた。加藤は懐中電灯《かいちゅうでんとう》をつけると、下へ駆け下りた。

「大丈夫。水はなし、天井《てんじょう》に通気口《つうきこう》もある」

「よっしゃ。東原、ついてきんしゃい」

　中村は車椅子ごと狩谷を持ち上げると、地下へと運んだ。東原は小走りに中村のあとに続いた。貯水槽跡《あと》は闇《やみ》に包まれ、どれほどの広さか想像もつかない。通気口から洩《も》れてくる光が唯《ゆい》一《いつ》の明かりだった。

「死ぬのはこわくないんだ。僕を戻してくれ」

　狩谷は加藤をにらみつけた。加藤は下を向いて黙りこんでしまった。と、狩谷の膝の上に毛《もう》布《ふ》が投げられた。中村だ。

「懐中電灯、毛布、ジャー……コーヒーが入っとる。それからとっておきのメロンパン。ええと、あとは……東原、鍵《かぎ》ば預けるけん」

「わたし……？」東原はおそるおそる鍵を受け取った。

「幻獣には器用なやつもおっけん、ドアば開《あ》くるこつもしくるとよ。俺らが行ったら、内側からドアに鍵ばかけろ」

　地響きがして、一二〇㎜滑腔砲《かっこうほう》の砲声が聞こえた。小隊機《き》関銃《かんじゅう》が、独特の重《じゅう》低音《ていおん》をあげてうなる。さらにアサルトライフルの射撃音が様々な方向から切れ目なく続いた。

「ふんならね」

　中村は東原の頭に手を置くと階段を上がっていった。

　加藤は狩谷に話しかけようとしたが、狩谷は横を向いたまま応じなかった。しゅんとなった加藤の袖《そで》を引く者があった。下を見ると東原がにこっと笑いかけていた。

加藤は身をかがめて東原に頼んだ。

「ののみちゃん、なっちゃんをよろしくね」

「うん、まかせて！」

東原は元気よく請《う》け合った。


四月二十四日〇七三〇時。外郭《がいかく》陣地を突破した敵は、圧倒的な数の小型幻獣をもって北側陣地に殺到《さっとう》した。

敵がどこから涌《わ》いてきたのか、当初、人類側は見当もつけられずにいた。不意討《ふいう》ちに等しい攻撃に戸惑《とまど》うばかりだった。

士魂号を送り出し、来須、若宮《わかみや》の戦車随伴歩兵を特殊任務《とくしゅにんむ》に出している5121小隊は危機を迎えた。残っている整備員は戦闘未経験で、自らが銃を取ることなど考えてもいなかった。

「原主任、お願いします」

森にうながされ、原素子は補給車の前に立った。指示を待つ隊員達の前で考えこむと、今度は勇ましく補給車の屋根によじ登って一同を見下ろした。

特に理由はない。なんとなくその方が、らしいかなと思ったからだ。

「来須十翼長《じゅうよくちょう》、若宮《わかみや》戦士が戻るまでわたしが指揮を執《と》ります。正直に言えば、今は困ったこ

とになっています。わたし達だけで戦わなきゃならないからね。そうね……各自、自分の身は自分で守って」

「原さん、そりゃ指揮ってモンじゃねえよ。こういう時は、正面の敵を阻止《そし》せよとか、支えきれないと思ったらどこそこへ退却《たいきゃく》せよとか、方針ってやつをしゃべらねえと」

指揮車整備士の田代《たしろ》香織《かおり》が手を上げた。どこから調達したか、九七式サブマシンガンを抱え、やけに生き生きとした表情になっている。

そういえば田代の前歴《ぜんれき》は戦車随伴歩兵だった。原は「わかったわ」とうなずいた。

「田代さん、戦闘指揮はあなたに任せるから正面の敵を阻止して。あ、それから、整備テントと補給車は死守《ししゅ》ね。でないと士魂号が戦闘不能になる」

「……要求が多いんじゃねえのか？」

「文句《もんく》言わない！　わたしは補給車を守ります。田代さん、あとは適当にやって」

「了解《りようかい》」

田代は指先をピッと伸ばし、実に見事な敬礼をした。

「へっへっへ、久しぶりだな、腕《うで》が鳴るぜ。じゃあ、みんな、派手にやっつけてやろうぜ！」

反応はなかった。どの顔も通夜《つや》の列席者《れつせき》のように不景気《ふけいき》だ。田代はため息をついて、「ま、いいか」とひとりごちた。

隣の小隊が銃撃をはじめた。四〇㎜高射機関砲が重たげな音をたてて砲弾を吐き出す。塹壕《ざんごう》陣地の銃座《じゅうざ》から兵が、アサルトライフルを連射《れんしゃ》していた。お隣さんも素人《しろうと》だ、と田代は額《ひたい》に手を当てた。幻獣の姿は見えない。偵察《ていさつ》役だろうか、一体だけ射界《しゃかい》に入りこんだゴブリンリーダーに過《か》剰反応《じょうはんのう》して、一斉《いっせい》にドンパチやり出したのだ。

「岩田、九四式はここだ」

５１２１小隊用に掘り貫《ぬ》かれた塹壕陣地に潜《もぐ》りこむと、田代は指示を下した。実は陣地とは名ばかりで、なんの用意もしていなかった。岩田と中村が九四式小隊機銃を運びこみ、三脚《さんきゃく》に固定した。他の隊員は汗だくになって弾薬《だんやく》を運び入れた。

「よし、全員、陣地に籠《こ》もって正面の敵を迎え撃つ。岩田、中村、九四式を任せるけど、責任は重大だぞ。弾幕《だんまく》を張って敵を寄せつけるな」

「フフフ、わかってますよ」

「敵が陣地に入りこんできたらどぎゃんするとね？」

「その時はこいつで俺が面倒を見てやる。へへっ、こいつが使えるんだな」

田代はサブマシンガンを嬉しげに掲《かか》げた。弾倉《マガジン》がドラム式で、大昔のトンプソン機銃を彷《ほう》彿《ふつ》とさせるが、なんとドラムを四つ装着《そうちゃく》できるという凝《こ》った造りになっている。

「あの、田代さん、整備テントは守らなくていいんですか？」

森が不安げに質問した。整備テントは塹壕の後方にある。しかしあっけらかんと地上に露出《ろしゅつ》しているため、攻撃目標にされるかもしれない。

「じゃあ、森、適当に人数を連れて行ってくれ」

「わかりました」森が整備テントに走ると、何人かがあとに続いた。

「原さんはどうします？」

遠坂圭吾《けいご》の声だ。遠坂財閥《ざいばつ》の御曹司《おんぞうし》らしく、いついかなる時も優雅《ゆうが》な物腰《ものごし》を失わない。ライフルを抱えている姿が実に似合《にあ》わなかった。

「そーだな、遠坂は一応野郎《やろう》だからここで使いたいし……、新井木《あらいぎ》、原さんについてやれ」

「それって男女差別じゃない？」

新井木勇美《ゆみ》が不満げに言った。新井木は小隊一小柄《こがら》で、小隊一噂《うわさ》好きな少女だ。はじめ戦車兵を志願《しがん》したのだが整備にまわされ、現在は一番機の整備を手伝っている。岩田、中村に比べると技能、知識が格段《かくだん》に劣《おと》るため、使い走りばかりさせられていた。それでも本人はめげることなく、明るく元気に前向きに、をモットーとしていたが、明る過ぎて周囲からは常にうるさがられていた。

「つべこべ言うと殴るぞ、こら」

「まあまあ、じゃあ田辺さんもご一緒させては？　新井木さんも話し相手が必要でしょう」

遠坂がオットリした口調で言った。

「原さんと話してりゃいいじゃねえか」

「彼女は特別ですよ。気安く話せる相手じゃないでしょう」

「……ま、いっか。じゃあふたりは補給車担当で決まり」

実は……田代も相当に素人くさい。もっと言えば嘘《うそ》くさかった。確かに戦闘経験はあるが、指揮など執るのははじめてだったし、元々人に命令を下すことには慣れていない。どうしても「文化祭実行委員長」のようになってしまう。

「じゃあ、マッキー、行こうよ」

田辺真紀をうながして駆け出そうとした瞬間、新井木のアタッチメントから小さな手帳がこぼれ落ちた。田辺が何気なく拾い上げると、「マッキー↓遠坂」という文字が目に飛びこんだ。

マッキー↓遠坂……がんばれマッキー。遠坂↓マッキー……ファイトだマッキー。恋愛確《かく》率《りつ》35パーセント。若様は鈍感だけど、僕はいつだってマッキーの味方だよ。

「あの、これ……」

田辺が手帳を差し出すと、新井木は照れくさげに受け取った。

「ありがと！　これ、命より大切な日記帳なんだ。けど、マッキーにだったら特別に見せてあげてもいいよ」

「命より……これ、日記なんですか……？」――たぶん、違うと思うぞ。

「そうだよ。日記ってハマると癖《くせ》になるね。そうだ、今度さ、交換日記やらない？」

「交換日記……」

「さあ、原さんを守るぞー」

あっけに取られる田辺の手を引いて、新井木は元気いっぱいに駆け出した。

「フフフ、来ましたです。撃っちゃいますよ」

岩田のおよそ緊張感とは無縁《むえん》な声が聞こえた。陣地の前面はあらゆる構造物が撤去《てっきょ》され、百メートルほどのさら地になっている。幻獣の群れが鉄条網《てつじょうもう》に引っかかって手間取《てまど》っていた。重たげな三脚に固定された九四式機銃のガトリング機構がうなりをあげて回転をはじめた。重たげな発射音とともに曳光弾《えいこうだん》が鉄条網のはるか上を通過していった。

「もうちょい銃身《じゅうしん》を下げろ。この距離なら水平射撃で十分だ」

掃射。今度は狙《ねら》い過《あやま》たず、銃弾は敵に吸いこまれ、次々となぎ倒した。他の隊員達もアサルトライフルの引き金《トリガー》を引き続けた。


ゴブリン、ゴブリンリーダー、ヒトウバンなど、小型幻獣の群れは大損害を受けながらも、しだいに陣地に取りつきはじめた。塹壕に躍《おど》りこむ幻獣を、戦車随伴歩兵が迎え撃つ。陣地によっては凄惨《せいさん》な白兵《はくへい》戦闘が行われていた。

「こちらF2陣地。敵が塹壕内に侵入。至急、救援求む、救援求む……助けてくれっ！」

原の耳に通信が入ってきた。しかし応答《おうとう》する者はいない。どの陣地も正面の敵を迎撃《げいげき》することで手一杯《ていっぱい》だった。5121小隊はまだ無事だった。陣地前面には機銃弾に引き裂かれた敵の死骸《しがい》がびっしりと横たわっている。

しかし死骸が消滅しないうちに、次々と新手《あらて》が突進し、敵は陣地まで五十メートル以内に達している。それにしても九四式小隊機銃を注文《ちゅうもん》しておいて良かった、と原は思った。

注文したのは確か加藤事務官だったかしら？　戦車随伴歩兵の武器に関心を持つ隊員は本《ほん》職《しょく》の来須と若宮以外いない。加藤さんが注文するなんて珍《めずら》しいわねと原が冷やかすと、加藤は恥ずかしそうに「死にたくないんですわ」と言ったものだ。

「元気にしてた？」

補給車から原が通信を送ると、スピーカーから善行の声が応じた。

「なにか」

「戦いがはじまったわ。実況中継《じっきょうちゅうけい》するけど、聞こえる？」

原はヘッドセットを運転席の窓から突き出した。陣地からの小隊機銃がひときわ高く響く。

「……聞こえました。状況《じょうきょう》は？」

善行の声が低くなった。真剣になった時の癖だった。

「あと少しは頑張れると思う。けど、十分二十分といったところね」

「十分ですか、二十分ですか？」

「二十分は。ウチの隊員って見かけによらずしぶといから。それ以上を要求するのは酷《こく》ね」

「味方はどうです？」

「だめ。他の陣地はもっとひどい状況になっている。これまでに救援要請《ようせい》を三つ聞いたわ。整備の子達に無理なことさせたくないのよ。即刻《そっこく》、作戦を中止して戻ってきて！」

「……できる限り、急ぎます」

「わたしの声が聞きたかったら、急ぐことね。後悔《こうかい》しても遅いのよ」

原は独特な言いまわしで善行を脅《おど》し、通信を締めくくった。ヘッドセットをダッシュボードの上に置くと、ちらと外を見た。ライフルを抱えた新井木と田辺が不安げにたたずんでいる。

「はい、もういいわ。内緒話は終わり」

ドアを開けると、よほどこわかったのだろう、ふたりは車内に飛びこんできた。

「内緒話って、また善行委員長とですかぁ？」

助手席に座った新井木がおそるおそる尋ねてきた。原は新井木に、にこっと笑いかけた。

「そうよ。ふたりでとっても大切な話をしていたの。披露宴《ひろうえん》は和式にするか洋式にするか。新井木さんはどっちが好き？」

「え……それ、本当ですか？」

新井木の真剣な顔が面白かった。噂好きのスピーカーとは聞いていたが、こうもあっさりと騙《だま》されるとは。どんな餌《えさ》にでもパクリと食いつく頭の悪い魚みたいだ。

「嘘にゃん」

「……にゃん、って」

「そんなわけないでしょ。今後の方針について話していたの！」

原にからかわれたと知って、新井木は田辺と顔を見合わせた。そして三十メートル先にある陣地に目をやった。補給車の車内でイジメられるくらいなら戻ろうかな、と思ったのだ。

しかし、次の瞬間には新井木はため息をついていた。

陣地の仲間達は敵に猛烈《もうれつ》な射撃を浴びせている。本気だ……。仲間が本気で戦争をやっているのを見て新井木は気後《きおく》れしてしまった。

「あのォ、なんだか敵が近づいてきたような気がするんですけど」

新井木は不安げに言った。

「気がするじゃなくって、本当に近づいているの。新井木さん、ライフルは撃てるわよね」

なんてトロイ子かしら。原は落ち着いた口調で言った。

「僕、こんなの聞いてなかったよ。話が違うよ。戦車兵だったらもっと安全に戦えるのにさ」

新井木はうつむいて消え入りそうな声で言った。原がきっとなって、新井木を叱《しか》りつけようとした瞬間、左手の方角で爆発が起こった。吹き飛ばされた装輪式戦車の砲塔《ほうとう》がスローモーション再生《さいせい》のように宙に浮かんだ。

「……戦車も安全じゃないみたいですよ。あ、ごめんなさい、あてつけるつもりは」

田辺が後部座席からおずおずと言った。

「ううん、いいんだよ、マッキーに悪気《わるぎ》ないことわかっているから」

「ぼんやりしてないで、じゃあ田辺さん、一発撃ってみなさい」

「は、はいっ……」

田辺はあわてて車内から出ると、へっぴり腰でライフルを突き出し引き金を引いた。射撃音がして、サイドミラーが粉々《こなごな》に砕《くだ》け散った。田辺は尻餅《しりもち》をついて茫然《ぼうぜん》としている。

原はきっとなって田辺をにらみつけた。

「わたしを殺す気？　どこを狙ってるの！　もっと腰を落として、両腕でしっかりと銃を固定して撃ちなさい。こんなこと、基本中の基本よ！」

「ごめんなさい、ごめんなさい、二度と失敗はしません」

田辺はぺこぺこと頭を下げると、言われた通りの構えを取った。

「原さんは撃たないんですか？」

親友の田辺が怒鳴られるのを見て、新井木はむっとなった。常に目の前の現実に反応してしまう一種の軽さを新井木は持っている。不安げな表情は消え、向こうっ気の強さが顔に出た。

身じろぎしたはずみに新井木のアタッチメントから手帳がこぼれた。表紙がめくれ、ほとんど取れかかっている。何気なく手に取って、原は憮然《ぶぜん》となった。丸っこい字で「善行委員長↓萌りん……可愛いいもうと」と書いてあったからだ。

萌りん↓委員長……すてきなお兄さん。恋愛確率65パーセント。委員長は控えめで物静《ものしず》かな女性に弱いと思うよ、きっと。

「あ、すみません。中、見ちゃいました？」

正義は勝つ。新井木はぺろと舌を出した。

「わたしがそんなことするわけがないでしょ。ところで新井木さん、あなた歩兵《ほへい》の素質《そしつ》がありそうね。そうだ、いいこと思いついちゃった。今のところ整備は人が足りているから、戦車随伴歩兵に転属《てんぞく》しない？　憧れの来須君と同じ仕事もできるしね」

原はにっこりと笑って応じた。わたしに逆《さか》らおうなんて一万年、早いわ。

「え？　そんな……僕、整備が好きですし」新井木の顔色が変わった。

「ほほほ、遠慮《えんりょ》しないで。わたしが推薦《すいせん》するから」

「ご、ごめんなさい、原さん」

「どうして謝るの？　あなたは悪いことなんてしてないわよ。けど控えめで物静かな女性じゃなくて悪かったわね」

「……二度と逆らいません」

新井木はしゅんとこうべを垂《た》れた。まだまだね。原はふっと笑って新井木の肩をたたいた。

「さあ、おしゃべりはいいからどんどん撃ってちょうだい。引き金を引く時は、ええと、闇夜《やみよ》に霜《しも》の降るごとくだったっけ？　とにかく落ち着いて、冷静にね」

三十メートル先で幻獣達がダンスを踊っている。降り注ぐ銃弾によろめき、倒れ、吹き飛ばされ、体液を撒《ま》き散らしながら、ダンスを踊っている。

「フフフ、フフフフフ、死になさい、消えてなくなってしまいなさいっ！」

岩田は、げらげらと笑いながら小隊機銃の引き金を引いていた。すぐ横では中村が反動で後ろへ下がる三脚を押さえつつ給弾手《きゅうだんしゅ》を務《つと》めている。

岩田の射撃は見事なものだった。半ば自棄《やけ》、半ばゲームセンターにいるような感覚で戦争をしていた。緊張感のかけらもない。どころかしだいにノッてきたようだ。機銃のリズミカルな振動に合わせて、くねくねと身をくねらせていた。

ある種の人間は戦場で才能を開花《かいか》させる。それまでごく目立たない人間が、冷酷《れいこく》な狙撃者《スナイパー》に変貌《へんぼう》し、自らを臆病《おくびょう》と信じていた人間が凶暴《きょうぼう》な殺戮《さつりく》者に変貌する。ただ、シチュエーションが特殊《とくしゅ》なため、こうした例はほとんど語られることはない。

弾幕が一秒でも途切れると敵が突入してくる危機的な状況を、岩田は明らかに楽しんでいた。

(岩田は遠方《えんぽう》さん行っとるね……)

さすがに正気というやつを小指の先ほどは持っている中村は、友の変貌ぶりにあきれていた。薬莢《やっきょう》が金属的な音をたてて飛び散る。発声器官《はっせいきかん》を持たぬ敵は、集中豪雨《しゅうちゅうごうう》のような弾幕の中で黙々と死んでゆく。撃てば必ず命中した。これならゲーセンのシューティングの方が雰囲気があるばい、と中村までもがふと思った。

「よおし、よし、その調子だぜ！」

田代もなにかに酔っぱらったようにマシンガンの引き金を引き続けている。傍《かたわ》らには贅沢《ぜいたく》にも山ほどのドラム式弾倉が積まれている。

「あれ、弾が切れてしまった。加藤さん、弾倉はどこにありましたっけ？」

遠坂の間延《まの》びした声が聞こえる。

「自分で探して！　当たれ、当たれ、当たれっ！」

「落ち着かないと。当たるものも当たりませんよ」

遠坂はバナナ式弾倉をライフルに装着すると、無造作《むぞうさ》に一連射した。三体のゴブリンが地面に突《つ》っ伏《ぷ》し動かなくなった。

「クレー射撃は得意だったんです。皿よりは的《まと》が大きいかな」

唖然《あぜん》とする加藤に、遠坂はオットリと言った。

隣の小隊もやっと戦いに慣れはじめたか、激しさを競《きそ》うように猛烈な射撃を行っていた。引き金をほとんど引きっぱなしにして大量の弾薬を撒き散らしている。

とはいえ、これは正解だった。小型幻獣は足が速く、シャワーのように弾幕を張っていないとたちまち陣地に迫ってくる。それに戦い慣れぬ隊は、物量《ぶつりょう》で練度《れんど》の低さを補《おぎな》うしかなかった。

「あの、原さんにお手伝いするようにって言われてきたんですけど」

敵のレーザー、トマホークが飛び交う中を田辺が塹壕にすべりこんできた。シャウトする岩田の様子を見て、息を呑《の》んだ。

「九四式の弾薬が底をついてきたばい！　整備テントにあるけん」

「あ、はい。わたしが取ってきます」

田辺はよいしょと気弱《きよわ》にかけ声をあげて、塹壕から這《は》い出した。背を伸ばし、そこらを散歩でもするように整備テントへ向かってゆく。石につまずき、眼鏡を落としてしまった。

「あ……眼鏡（また割れちゃった）」

拾おうとしてかがむと、それまで田辺の頭があったところを敵のトマホークがかすめ過ぎていった。

「……田辺、気をつけれ！」

中村が真っ青《さお》になって叫ぶと、田辺はしとやかに笑って「わかっています」と頭を下げた。

森精華は整備テント一階の工具・部品置き場に身を潜《ひそ》めていた。これ以上ないというほど緊張した面《おも》もちで、手にサブマシンガンをひしと握り締めていた。

森は涙腺《るいせん》がゆるい。少しでも緊張を解くと、泣いてしまいそうだった。けれどはたから見れば凛々《りり》しく健気《けなげ》に見えるところが、「まじめ顔」の損でもあり得でもあった。

隣には茜《あかね》とヨーコ小杉《こすぎ》が同じように息を潜めていた。

「誰かそこにいる？」

無線機から声が響いた。原さんだ！　森はぱっと顔を輝かすと無線機に駆け寄った。

「わたしです。ご無事ですか、原先輩」

「やあねえ。無事だから通信してるんじゃない。整備テントの様子は？」

「今のところ異状はありません。外の戦いが激しくなっているようですけど」

「そうか、そこからは見えないのね。陣地の人達、商売繁盛《はんじょう》って感じよ。もし人数があまっているんだったら手伝いに行ってあげてね」

　大好きな原の声が聞けたのが嬉しかった。森の顔からこわばりが消えていた。

「じゃあ、わたしが……」

「だめ。あなたは代替機を守らなきゃ。副主任でしょ、しっかりして」

「……すみません」

「こわいし、不安よね。わたしも同じ。けど、たとえ見栄《みえ》でもいいから、しっかりしたところを見せないとね。あなたにはそれができるわ」

「先輩……」

　涙腺がゆるんで、森はあわてて表情を引き締めた。わたしはやっぱり先輩が好きなんだなとあらためて思った。技術学校の頃、森にとって原は雲の上の人だった。半ば軍の研究所の要員《よういん》として一線で活躍し、半ば森達一般《いっぱん》生徒の代用教員をやっていた。美人で、当時、年上の男性とつき合っているという噂もあった。

　はじめ森はその他大勢の生徒のひとりで、原を陰で見ていることしかできなかった。口下手《くちべた》だし、不器用だし、原に近づくには障害が多かった。そこで森は必死に勉強をした。整備実習の時もきびきびした申し送りができるように発声の練習までした。ある時、ひとりで実習場に残って戦車の整備をしていると、原が前に立った。

――ぶざまね。油まみれだし――

原はにっこりと笑って言った。森がスパナを取り落とすと、原は平然と油まみれのスパナを手に取り、森の顔をのぞきこんだ。

――けど、ぶざまな人って信用できる。森さんね……？――

――わ、わたしの名前をご存じなんですか？――

森はふっくらとした顔を赤らめて、やっとこれだけ言った。

――やあねえ。あなた、自分が噂になっているの知らないの？　要領は悪くてどんくさいけど、努力家で、なんでも納得するまで質問する子がいるって。教官の間じゃ有名よ――

誉《ほ》められているのかな、とは思ったが、口下手な森は言葉を返すことはできなかった。

――わたし、あの……、ええと……――

――無理しないで。愛想《あいそ》を言われるためにここに来たんじゃないから。ねえ、あなた、人型戦車って興味ある？――

こうして森は原にスカウトされ、今に至っている。副主任として一緒にいると、原の気まぐれで子どもっぽい性格やら、悪趣味な冗談が大好きなことなど、欠点も多く目についたが、それも原の魅力だ、と森は大まじめに思っていた。

実はプライベートでも原をまねようと、森は深夜、密《ひそ》かに化粧をすることもある。むろん、化粧道具は箪笥《たんす》の奥深くに隠してある。

「森さん、代替機は小隊の生命《いのち》よ。頼むわね」

原の言葉に、森は我《われ》に返った。きりっとした表情をつくると、きびきびと言った。

「任せてください。先輩こそお気をつけて」

部品置き場へ戻ると、茜が物問いたげに顔を上げた。

「なんだって?」

「誰か陣地に手伝いに行かせろって」

「そう。じゃあヨーコさん、ここは僕達に任せて田代達の手伝いに行けば?」

茜は当然だという顔で言った。

ヨーコ小杉は恵まれた体格を持つ帰化《きか》日本人だ。美人で、体つきにふさわしく大らかでやさしい性格から、隊員の間では人気が高い。しかし茜は人気者というやつが大嫌いだった。人気者は言い換えれば八方美人《はっぽうびじん》でポリシーに欠けると信じている。しかも日本語が少し不自由なことで、ヨーコはどことなくどんくさく見える。

そんな茜の思いを知ってか知らずか、ヨーコは茜に笑いかけた。こんな状況でもヨーコは平《へい》常心《じょうしん》を失っていないようだ。

「そうデスね。戦うのはイヤですけど……しかたありませんね」

ヨーコが立ち上がると、森が止めた。

「大介《だいすけ》、あんたが行って。岩田君や中村君や田代さん達、頑張ってる。事務官の加藤さんだって陣地に残っているわ。あんたも男なんだから助けに行ってあげて」

「僕は戦いには向かないんだ！　姉さんこそどうして陣地へ行かないんだ？」

「わたしはあの子達を守るの。原さんに言われたんだから……敵が来たら、わたし、あの子達を守って死ぬ」

森は並んでいる代替機を目で示した。声が震え、動悸《どうき》がする。しかし原に言われて覚悟が決まった。もし整備テントが破壊され、代替機が失われるようなことがあれば、自分も運命をともにしよう。そう決めたのだ。

「くそっ、なにを馬鹿な！　あんなもんロボットの出来損《できそこ》ないじゃないか。僕達は最高の訓練を受けた技術者だぞ。死んだら補充《ほじゅう》はきかないんだ。姉さん、安全なところに逃げ……」

茜の身体が後ろへ飛ばされた。部品の山に背中をぶつけ、尻餅をついている。森は唖然としてウォードレスに包まれた自分の腕を見た。ちょっと小突《こづ》いただけなのに……。ウォードレスを着ていることを忘れていた。今の森はプロレスラー並みの腕力《わんりょく》を持つ。

「殴ったな。僕を殴ったな！　ママンにだって殴られたことないのに！」

「ごめん……。だけどそれ以上言ったら、同じことをするでしょうね」

テントの入り口に大柄《おおがら》な影が立った。ヨーコが指差すと、森は立ち上がった。逆光《ぎゃっこう》にさえぎられてよくは見えないが、きっと来須さんか若宮さんだ。よかった……！

「わたし達なら大丈夫ですから、あの……？」

風を切る音。トマホーク？　森は右肩に激痛《げきつう》を覚え、その場に突《つ》っ伏《ぷ》した。

「森サン……！」

ヨーコのマシンガンが火を吹いた。ゴブリンリーダーが全身に銃弾を受け、仰向《あおむ》けに倒れた。

「姉さん！」

茜は駆け寄ると、傷の具合《ぐあい》を確かめた。敵のトマホークにウォードレスの装甲ごと肩をざっくりと切り裂かれている。血がひっきりなしに流れ、プラスチックブルーのドレスを真っ赤に染《そ》めていた。

「姉さん、くそっ、死ぬな！」

意識を失った森を茜は激しく揺さぶった。ヨーコはそっと茜の肩に触れた。茜の目からぽろぽろと涙がこぼれている。

「乱暴にしてはいけません。そのまま寝かせておいてくだサイ」

ヨーコがやさしく言い聞かせると、茜はへたりと座りこんだ。僕が悪いんだ、とつぶやいた。

「大丈夫デス。助かりますよ、きっと」

「本当に……？」

茜はまるで幼児《おさなご》のような顔で聞き返した。

「目を閉じて、祈るデス。さあ……」

ヨーコがうながすと、茜は目をつぶり、手を組み合わせて思いきり念じた。理性はどこかへ消え去っていた。助かりますように、助かりますように、助かりますように——

なにかに祈るなど、茜にははじめての体験だった。それでも茜はなにものかに祈り続けた。雑念《ざつねん》は消え去り、澄み渡った星空のように透明《とうめい》な気持ちで祈り続けた。

「目を開けてもいいデスよ。森サン、命に別状《べつじょう》ありません」

目を開けて、茜ははっとした。激しい勢いで流れ出ていた血が治《おさ》まっている。まだ出血はあるものの、森はしっかりと息をしていた。

「ど、どうなってんだ？」

「茜君が一生懸命祈ったから。神様が助けてくれたデスよ」

ヨーコが微笑みかけると、茜は照れくさげに顔を背《そむ》けた。神様もけっこうやるな。少しだけだったら信じてやってもいい。

「珍しいですね、ハミングなんて。しかもガンパレード・マーチ」

新井木があきれたような視線を向けた。原は三十メートル離れた塹壕陣地の戦いを眺めながらガンパレをハミングしていた。

敵は倒されても倒されても陣地に迫る。一瞬でも手を休めたら、次の瞬間には圧倒的な数が陣地になだれこんでくる。数秒後には全員が戦死しているかもしれないのだ。しかし今の原にはなにもできない。最低限、補給車だけは守らねばならなかった。辛かった。頑張って、と声を大にして叫びたかった。そんな思いが、ガンパレード・マーチとなって顕《あらわ》れたのだろう。

「新井木さん、いつから日記をつけてるの？」

原は新井木の言葉には応えず、逆に尋ねた。

「え……、あの、原さんが前に言ったじゃないですか。日記って癖になるわよって。けど僕、文章下手だからメモ書きみたいになっちゃって」

そんな会話をしている場合じゃないでしょという顔で新井木は答えていた。

「好きな人のこと、書いてる？」

「そんな……好きな人なんていませんよ。寂しいけど」

「そうねえ、それって寂しいかも。他人のこと考えるより、自分の恋愛確率だっけ？　高めた方がいいって感じね」

むっとする新井木を冷《ひ》やかすように原は言った。

「僕をイジメて楽しいですか？」

「少しね」

「……」新井木はため息をついた。

原はまたガンパレをハミングしながら整備班の奮闘《ふんとう》を眺めた。

隊員達は正面を向きっぱなしの「だるまさんがころんだ」を敵と遊んでいるようだ。敵は大損害を出しながらも一歩一歩、確実に陣地に近づいていた。

破滅は目の前に迫っていた。自分の無力さと戦うように原はガンパレをハミングし続けた。

田辺が陣地から這い出し、前につんのめった。

あの子はどんな安全なところでも転ぶ才能があるわね。けど、頑張れ。原が無言の声援を送ると、田辺は頼りない足取りで整備テントに向かって走り出した。

「あ、また転んだ。どじ……」

原が思わずつぶやくと、新井木も助手席から身を乗り出した。

「マッキー、ファイト」

「また転んだ。君のギャグは地球を超えるってところね」

と、地面とキスしている田辺の頭上を一条《いちじょう》のレーザーが走り抜け、整備テントの生地《きじ》に焼け焦《こ》げをつくった。原と新井木は顔を見合わせた。

田辺の姿が無事にテントに消えたのを確認して、原はほうっと息をついた。が、田辺のことを心配している場合ではなかった。

「さあ、いよいよわたし達の出番よ」

原の目に、陣地を迂回《うかい》してこちらに迫る小型幻獣の群れが映っていた。防戦に必死の隊員達は、この一団に気づいていないようだ。

「出番って……戦ったら死んじゃいますよ」

「ホホホ、冗談だって。新井木さん、これを被《かぶ》って」

原は後部座席から毛布を引き出すと頭から被り、新井木とともにダッシュボードの下に潜りこんだ。

重たげな足音が切れ目なく響く。幻獣の一団は補給車を無視して通過してゆく。どうやら整備テントをめざしているらしい。不意に車体が揺れ、原はダッシュボードに胸をぶつけた。

「見つかっちゃった。どうしよ……」

「落ち着いて。敵は格好のオモチャを見つけて遊んでいるだけよ」

まったく説得力のない原の言葉に、新井木は頭を抱えて狭い床《ゆか》に丸まった。原はそっと新井木の頭に手を置いた。

「ねえ、新井木さんってどういうタイプが好きなの？」

「そんなこと、言ってる場合じゃ……」

新井木の顔が引きつった。重たげな足音が運転席に近づいてくる。新井木は目にいっぱい涙を溜めてダッシュボードの下で震えている。

さすがに原も黙りこんで、毛布の下から上目遣《うわめづか》いに外の気配を探った。

今、敵はこちらをうかがっている。少しでも物音をたてたらアウトだ。

新井木が体を震わせ必死に嗚咽《おえつ》を堪《こら》える様子を見て、原の心臓《しんぞう》も高鳴った。これまで抑えつけてきた恐怖がいっきに解き放たれようとしていた。
原は奥歯《おくば》を噛《か》み締め、ガンパレード・マーチの歌詞を口の中で呪文《じゅもん》のように念じ続けた。

あなたのさし出す手を取って
わたしも一緒に駆け上がろう
幾千万《いくせんばん》のわたしとあなたで、あの運命に打ち勝とう

はるかなる未来への階段を駆け上がる
わたしは今ひとりじゃない
全軍抜刀《アールハンドウ》　全軍突撃《ガンパレード》

未来のために　マーチを歌おう
ガンパレード・マーチ　ガンパレード・マーチ

どれくらいの時間が流れたろう。我に返った原が気配をうかがうと、遠ざかる足音が聞こえた。意を決してダッシュボードの下から這い出すと、新井木がビクリと震えた。運転席の窓から、整備テントに向かう二匹のゴブリンリーダーが見えた。

「素子ちゃん、大ピーンチなんてね。どうやら見逃《みのが》してくれたみたいね」

原が話しかけると、新井木がおずおずと顔を上げた。泣いていた。涙と鼻水《はなみず》でぐしょぐしょになった顔をぬぐうと、新井木は原に抱きついてきた。

「ちょっと……わたし、そんな趣味《しゅみ》ないわよ」

「だって、だって、だって……！」

「十秒以内に泣き止《や》まないと、戦車随伴歩兵に転属よ」

原が厳しく言うと、新井木はピタリと嗚咽を止めた。

「整備テントが心配だわ。皆、逃げてくれるといいんだけど……」


田辺が整備テントに入ると、森が床の上に寝かされていた。

傍らにはヨーコと茜がついている。

「ど、どうしたんですか……？」田辺は急いで駆け寄ると、三人の顔を交互《こうご》に見た。

「うん、ちょっとね、ドジ踏んじゃった」

森が苦しげに笑った。出血はほとんど止まったとはいえ、肩当て、装甲ごとざっくりと削《けず》られた森の傷は痛々《いたいた》しかった。茜の表情は固まったまま動かない。目が据《す》わっている。ヨーコは森の手を握り、額の汗を拭いてやっていた。

「外の様子はどうデスか？」

「はい、皆さん頑張ってます。あ、弾薬を取りにきたんだった」

田辺はテント隅の弾薬置き場に足を向けると、重たげな木箱を抱え上げた。

「……大介、田辺さんを手伝ってあげて」

「嫌だ。僕はここにいる。姉さんはどんくさいから、ひとりにしとくと今度こそ殺される」

「いつまでも子どもじゃいられないのよ。わたしのあとをくっついてくるの、もう止めて」

森は血の気を失った青い顔で、それでも気丈《きじょう》に茜を突き放した。

茜の表情がみるみる変わり、捨てられた子犬のような表情になった。

「くそっ、行けばいいんだろ、行けば。どうなっても知らないからな!」

茜は弾薬を抱えると、陣地に向かって駆け出そうとした。

と、苦しげな目が茜を見つめた。モロに目が合ってしまった。虚《うつ》ろな目だ。「殺して、殺して……」と人間の顔が呼びかけてきた。前面に生きたままの人の頭を貼りつけたヒトウバンだ。

茜は吐き気を覚えたが、辛《かろ》うじて堪えると、あたりを見回した。いつのまにテントに侵入したのか、二十体以上の小型幻獣がじわじわと迫ってくる。

「わ、わぁっ!」

茜はまわれ右すると、森を抱えて走った。ヨーコも茜を手伝って走る。田辺は弾薬箱を抱えたまま、震えていた。

「逃げるデス！　テント裏の破れ目から逃げるデス!」

ヨーコが叫ぶと、田辺も一緒になって走り出した。四人の頭上をトマホークがかすめる。

「だめ！　だめよ、あの子達が壊されちゃう！」森がむずかった。

「大介、テントを守って」

「そ、そんなこと言ったって……ええい、ここは僕がなんとかする。ヨーコさんと田辺は姉さんを連れて逃げろ！」

唯一《ゆいいつ》地上に露出《ろしゅつ》している整備テントは非常に目立つ。幻獣はここを人類側の重要拠点《きょてん》と考え、隠密裏《おんみつり》に部隊を送りこんだのだ。天敵《てんてき》ともいえる士魂号を見つけて、幻獣の群れは機体のまわりに群がった。どうすれば士魂号を始末できるか、検討《けんとう》しているのだろう。

茜は部品置き場に這い戻ると、陰に隠れ、敵の様子をうかがった。今頃、姉さん達は脱出《だっしゅつ》しているだろう。僕は……と茜は自分の手に握られている武器を見つめた。姉さんのスパナだ。北本特殊金属《きたもととくしゅきんぞく》のロゴが刻印《こくいん》されていた。プロ仕様の最高の品だが、今は最低のアイテムだ。どこかに武器があったはず、と茜は匍匐《ほふく》して探しはじめた。

なにかのコードに足を取られ、山積《やまづ》みになった部品が茜の上に降りかかった。けたたましい音がして幻獣は一斉《いっせい》に茜の方を振り向いた。

「……よ、よォ」

茜はこわばった顔で間抜《まぬ》けた挨拶をした。目の端《はし》に一丁《いっちょう》のサブマシンガンが映った。じりじりと横に移動しながら手に取ろうとした。と、トマホークが飛んでサブマシンガンを弾き飛ばした。こいつら、僕をなぶる気だ！　全身が震えた。歯の根が合わず、茜は蛇《へび》ににらまれた蛙《かえる》のようにすくんでしまった。

嫌だ。あんな風に生きたまま化け物の身体に貼《は》りつけられるなんて。身動きした瞬間、敵は茜をとらえるだろう。

（姉さん、助けて）

その時。射撃音がして、幻獣の群れが瞬時《しゅんじ》にして吹き飛んだ。のみならず整備テントをずたずたに引き裂き、部品類を木っ端微塵《こっぱみじん》に粉砕《ふんさい》した。

すさまじい破壊力だ。

「待たせたな！」

呵々《かか》と笑う声がした。茜が振り向くと、薄暗いテント内に異様《いよう》な影が立った。四本の腕にいずれも機銃を装備している。

小隊付き戦車随伴歩兵の若宮康光《やすみつ》だった。５１２１小隊のシンボルカラーであるプラスチックブルーに塗装《とそう》された重ウォードレス・可憐《かれん》を着こんで、ロボットアニメの悪役のように傲然《ごうぜん》と立っている。

若宮は善行に従って赴任《ふにん》してきた、小隊には珍しい生粋《きっすい》の兵だった。茜は以前、若宮の「訓練」に参加させられて、そのハードさに死ぬ思いをしたことがある。

「……若宮さん、ちょっとやり過ぎですよ」

若宮の出現に安心したが、茜はおくびにも出さず、弾薬箱を指差した。

「誘爆《ゆうばく》したら大変なことになる。これまでどこをほっつき歩いていたんですか？　お陰で僕達整備員は慣れない戦いをしなきゃならなかった」

「うむ……？」

茜はまったく働いていないのだが。

「地下通路で幻獣を狩っていたんだ。こうも見事に出し抜かれるとは、な。わははははは」

若宮は再び呵々と笑った。

この世界の熊本市には至るところに地下通路が設けられていた。一九四五年、敗色濃厚《はいしょくのうこう》な日本《にっぽん》は本土《ほんど》決戦《けっせん》を想定し、主要都市に大規模《だいきぼ》な地下工事を施《ほどこ》していた。迷路のように張り巡《めぐ》らされた地下通路は、市街戦において米《アメリカ》軍に多大《ただい》な損害を与えるはずだった。

その後、幻獣の出現により日米は休戦《きゅうせん》し、通路の存在価値はなくなった。その一部は改造《かいぞう》され地下街として生まれ変わっていた。

幻獣の大群は、閉鎖《へいさ》され、忘れられた地下通路に潜伏《せんぷく》し、攻勢の時期をうかがっていた。若宮と来須は善行の命令で城から二キロメートルの圏内《けんない》にある地下通路を捜索《そうさく》し、少なからぬ幻獣を葬《ほうむ》っていた。

「そうだ！　姉さんは……」

「無事だ。来須が見つけて三人とも隣の小隊の塹壕に収容《しゅうよう》してもらった」

「そ、それって……かえって危ないんじゃ」

「来須がついている。さて、俺はこれから整備班の面倒を見にいかにゃならん」

それだけ言うと、若宮は地響きをあげて陣地へと向かった。

「テント裏から隣の陣地に抜けられる。その気があるなら銃を取れ」

若宮が背を向けたまま、茜に声をかけた。

「ぼ、僕は……」

「逃げ場はないぞ。どこへ行っても死ぬだけだ。腹をくって殺し合いに身を入れるんだな」

若宮は振り返ると、獰猛《どうもう》に歯をむき出して笑った。

東原ののみは目を閉じて懸命に祈っていた。

地上ではあらゆる音が入り交《ま》じって、人間と幻獣が死闘《しとう》を繰り広げている。戦場の音には慣れている東原だが、いつもは後方の指揮車にいて、これほどの戦いは経験したことがない。時折、悲鳴が聞こえてくるのが悲しかった。

どうかはやくおわりますように。もう一度みんなと会えますように。ピクニック、みんなとまた行けますように。

あどけない横顔が静謐《せいひつ》な美しさをたたえている。東原を小隊のマスコット、お人形さんとしか思っていなかった狩谷には意外だった。

「なにを祈っているんだい？」

狩谷が声をかけると、東原は目を開いて恥ずかしそうに微笑んだ。

「えっとね、みんなとまた会えますようにって」

「君は楽天的《らくてん》だな。上の音が絶《た》えて静かになったら僕達は終わりだよ。耳を澄《す》まして。ほら、だんだんと味方の銃声が弱くなっているだろう？」

狩谷に言われて、東原は素直《すなお》に耳を澄ました。

「そんなことないもん。なっちゃんはそんな嘘をついてたのしいの？　どうして？」

東原は心から不思議そうな顔をした。からかってやろうと思ったところ、思いがけず切り返されて狩谷は苛立《いらだ》った。

「なっちゃんはやめろ！　あいつを思い出す」

「……あのね、まつりちゃん、泣いていたの。どうしたのってきいたら、なみだをふいてなんでもないよってわらったの」

「あいつ……」

時間というやつは残酷《ざんこく》だ。あのまま中学時代で永遠《えいえん》に止まってくれていたら、僕は加藤にどんなにだってやさしくしてやれたのに。こんな身体になって、友人達は僕から離れていった。それが普通だ。友達関係なんて同じレベルの間でしか成り立たない。そう割り切れた。だが、あいつは近づいてきて、人の心に土足《どそく》で踏みこんできた。

「それはちがうのよ」

「なんだって？」

「まつりちゃんはむかしもいまもなっちゃんのこと、すきなだけなのよ」

「子どもの癖にわかったような口をきくな！」

「わたし、子どもじゃないもん。どうちょうじっけんのひけんたいだったから、おおきくなれないんだけなんだもん」

「被験体《ひけんたい》……」

狩谷は言葉を失った。そういえば、担任の坂上《さかうえ》先生に聞いたことがある。坂上はもっさりとした風貌《ふうぼう》でサングラスをかけ、なにを考えているのかわからない教官だった。狩谷は避《さ》けていたが、ある時、運悪くつかまってしまった。

ハンデを持つ者は君だけではありません、と坂上は言った。説教《せっきょう》か、どうせ前向きに生きろとかなんとか言うんだろうなと狩谷は白《しら》けたが、坂上はまったく別の話をはじめた。

とある研究所で被験体として薬浸《くすりづ》けにされたあげく、失敗作とされ、内臓《ないぞう》を売り飛ばされそうになったところを助けられた者もいるのです、と坂上は言った。

――けれど、歩けなくなったわけじゃありませんよね？――

狩谷が笑って言うと、坂上は憂鬱《ゆううつ》そうに首を傾げた。

――ええ、そうですね。しかしそれよりもっと辛いかもしれない――

こう言い残して、坂上は背を向けて去った。

東原のことだったのか……。

「その……悪かった」

「なんのこと？」

東原はうつむく狩谷の顔をのぞきこんだ。

「意地悪なことを言ってしまって」

「気にしてないよ。それよりメロンパン、たべようよ」

「そうだな」

狩谷がメロンパンをふたつに割って手渡すと、東原は嬉しそうに頬張《ほおば》った。

小隊の陣地は陥落《かんらく》寸前になっていた。

岩田は自棄《やけ》になったように機銃を乱射し、中村も給弾手を辞《や》め、ライフルを撃ちはじめた。オットリと狙撃を続けていた遠坂にも疲労《ひろう》の色が濃くなっていた。田代はサブマシンガンの引き金を引きっぱなしで五メートル、十メートルの距離に迫った敵を撃退し続けていたが、力尽きるのは時間の問題と思われた。

死ぬのは嫌や、生きたいんやと念じながら加藤は射撃を続けていたが、涙があふれ、視界《しかい》がぼやけてしかたがなかった。

（生きたいんや……！）

弾幕をくぐり抜け、加藤と目と鼻の先に一体のゴブリンが躍《おど》り出た。敵が次の動作に移る機《き》先《せん》を制《せい》して加藤は引き金を引いた。ゴブリンが弾かれたように地面に転がった。

「中村君、だめや。持ち堪えられへん！」

「しょうがなか！　逃げようにも逃げられん」

中村が怒鳴り返した。今、背を向けて逃げても、敵はやすやすと自分達をとらえるだろう。弾の続く限り引き金を引き続けて、敵が消えてくれるのを祈るしかなかった。

弾幕が途切れた。

「ノオオ！」

岩田の絶叫《ぜっきょう》がこだました。弾を撃ち尽くした小隊機銃のガトリング機構が乾《かわ》いた音をたてて空《から》まわりしている。

加藤の視界いっぱいに幻獣の姿が迫った。消えて……。加藤は目を見開いた。

掃射音がして、加藤の目の前で敵がのたうった。振り返ると、プラスチックブルーに輝く重ウォードレスを着こんだ兵が、四丁の機銃を撃ち続けながら陣地をめざし、進んでくる。

「若宮君や……！」

若宮は圧倒的な火力で敵を制圧しながら塹壕に降り立った。

「陣地を捨て、隣の小隊と合流《ごうりゅう》するぞ。俺が援護《えんご》する。わき目も振らず、走れ！」

言葉を交わしている暇《ひま》はなかった。加藤が走ろうとするその時、岩田が射撃を再開した。

「ノオオ、まだまだ撃ち足りません！　わたしはここに残りますウゥ」

自分で新たな弾帯《だんたい》を取りつけたのか、岩田はげらげらと笑いながら引き金を引き続ける。もともと血の気が薄い顔がいっそう青白く、幽鬼《ゆうき》のように見える。

「田代、岩田を頼む！」

若宮の声に、田代は機敏《きびん》に反応した。岩田の後ろに立つと、こめかみをかすめるように正確な軌道《きどう》の右ストレートを送りこんだ。脳震盪《のうしんとう》を起こしたか、ぐったりとなった岩田を田代は抱え上げた。遠坂と中村がこれを手伝う。

加藤はとっさに機銃を抱えていた。重たいが、小隊の火力の基幹《きかん》となる貴重《きちょう》な武器だ。

「さあ、走れっ！」

加藤は塹壕を出ると、機銃を引きずってしゃにむに走った。隣の陣地からヨーコと田辺が懸命にこちらを差し招いていた。倒れこむように加藤は塹壕にすべりこんだ。

補給車は奇跡的に無傷《むきず》だった。

隣の整備テントがあまりに巨大で目立ったためか、それとも日頃の行いのせいか、原は危機《きき》一髪《いっぱつ》の状況を切り抜け、運転席から幻獣の群れをうかがっていた。

放棄《ほうき》された小隊の塹壕陣地と補給車の間を通って、群れはテントに吸いこまれていく。

「新井木さん、なにをぼんやりしているの？　外へ出て戦いなさい。命令よ」

「えー、ずるいですよ、わたしばっかり」

「ほほほ、冗談。身を縮《ちぢ》めて隠れていなさい。そうか、新井木さんにはそんな必要ないわね」

「それ、どういう意味ですか？」

ふくれ面《つら》になった新井木を、原は苦笑して見つめた。さっきまで泣いていたのに、見事なまでに立ち直りが早い。この子、自分の長所に気づいていないのかしら？

「そんなに見ないでください」

「ごめんなさいね。ただ、あなたって長生きしそうだなと思って」

「それ、誉《ほ》めてんですか？」

「もちろん。わたしが保証するわ、あなたは絶対にこの戦争を生き残る」

善行から通信が入った。敵に気づかれぬよう音量《おんりょう》を絞《しぼ》る。

「我々は陣地からあと三百メートルの距離に達しています。じきにそちらへ……」

「二十分どころか、その倍は経《た》っているわよ。小隊の陣地と整備テントは敵に占領《せんりょう》されてしまった。わたしは補給車に閉じこめられ、死を待っている状況よ」

沈黙があった。善行が息を呑む気配がした。

「……脱出はできないのですか？」

「無理ね。幻獣の大群《たいぐん》に囲まれてしまった。素子ちゃん、大ピーンチ！」

「待ってください！　あきらめてはだめだ」善行の切迫《せっぱく》した声が聞こえる。

「さよなら善行さん、いろいろと楽しかったわ」原はにこりと笑って通信を切った。

新井木は毒にあてられたように、まじまじと原を見つめた。なんという人だ。この人にはやっぱり勝てない。否《いな》、勝とうとすることがそもそもまちがっている。

「こっ、こっ、こんなことしていいんですか？」

「なんのことかしら」

「脚色《きゃくしょく》が過ぎるっていうか、大げさっていうか、幻獣に囲まれているなんて嘘を……。今は戦闘中ですよ」

「だって面白いんだもの」

原はスイッチを指差した。いつのまにかONになっている。

「君はいったいなにをやっているんですか？　遊びじゃないのですよ！」

善行は相当に怒っている。

「わかってる。けど、士魂号が到着しなければこちらの出番はないわ」

「それはそうですが……」

「安心して。来須君、若宮君が駆けつけて、隣の隊の陣地に入っている。補給車から見えたの。これから反撃よ。あなたが戻るまでに整備テントを奪い返さなきゃね」

〇八三〇時。

小雨混じりの陰鬱《いんうつ》な空のもとで繰り広げられた死闘の第一幕は、辛うじて人類側が踏みとどまった。

整備班は陣地を失って、隣の小隊の塹壕に逃げこんでいた。

戦闘は小康《しょうこう》状態を保ち、敵の攻撃は止んでいた。

とはいえ第一波の攻撃で奪われた陣地には幻獣がぎっしりと詰め、増援《ぞうえん》の到着を待っていた。これをすぐに奪い返す余力《よりょく》は北側陣地の守備隊《しゅびたい》にはなかった。人類側も各方面からの増援を期待して、陣地でつかのまの休息を取っていた。

しかし5121小隊は事情が違った。すぐにでも整備テントを奪回《だっかい》せねばならない。さもなければ士魂号の補給・修理が不可能となり、貴重な代替機が破壊されてしまう。

それに補給車で孤立《こりつ》している原のことが気がかりだった。

「原さん、聞こえますか、原さん」

独立混成《どくりつこんせい》小隊の無線機を借りて、田代は原との連絡を試《こころ》みていた。補給車までは距離にすれば五十メートルといったところだが、その間にある5121小隊の塹壕には幻獣が詰め、整備テントからはしきりになにかを破壊する音が聞こえる。ゴブリンやゴブリンリーダーごときに簡単《かんたん》に破壊される士魂号ではないが、それでも設備その他を壊されるのは痛かった。

「ええっと、原のおばさん、生きてますか」

すぐに返事が戻ってきた。

「その声は田代さんね。今、なんて言ったのかしら？」

「え、いや、ははは。ご無事で良かったであります。原主任」

「他のみんなは？」

「森が怪我をしました。あと岩田が……ちょっとこわれたかな？　元々こわれているけど」

岩田はいびきをかいて眠っていた。

隣の塹壕は善戦《ぜんせん》していた。即席《そくせき》の小隊にも拘《かか》わらず、幻獣を寄せつけず、すべての陣地を確《かく》保《ほ》していた。とはいえ塹壕に駆けこんでみると、田代にはすぐにその原因がわかった。来須が隊員達を助けて戦っていたのだ。来須の正確な射撃は確実に幻獣をしとめ、塹壕内に躍《おど》りこむ敵に対してはカトラスをぞっとするほどの手際《てぎわ》で使った。

たったひとり来須がいるだけで、独立混成小隊は活気づいた。

来須は兵を叱咤《しった》するでもなく、黙々《もくもく》と自分の仕事をこなしているだけなのだが、それでも小隊は実力以上の力を発揮《はっき》した。

「森十翼長《じゅうよくちょう》は大丈夫？」

「麻酔薬《ますいやく》をぶっかけて、加藤が傷口《きずぐち》を縫《ぬ》い合わせました。加藤は大したやつです。俺は見直しましたよ。医薬品《いやくひん》だの裁縫《さいほう》道具だの細々《こまごま》したもんをわんさと持ち歩いていて。すぐにでも嫁《よめ》に行けそうであります」

「……立派《りっぱ》よ」

「あはは、そんな、大したことありませんて。わたし、中学の頃は家庭科得意だったんです」

加藤が陽気《ようき》に口を挟《はさ》んだ。本当は治療代《ちりょうだい》を請求《せいきゅう》したかったのだが、さすがにヒンシュクを買いそうだったのであきらめた。

「ありがとね、加藤さん」

「二度も言われると、照れてしまいます」

「機銃を取り寄せてくれたでしょ。あれがなかったらどうなっていたか」

「あはは」加藤は嬉しそうに笑った。さすがに原さんは見てくれている。

「ああ、原主任。若宮であります。俺がいながらこんなことになって面目《めんぼく》ありません。ただ今、来須と反撃の相談をしているところであります。お迎えにあがりますのであと少しご辛抱《しんぼう》を」

若宮が田代からマイクをひったくって言った。原の無事がよほど嬉しいらしい。

「すぐにでもよろしく。整備テントから嫌な音が聞こえてくるのよね。心配だわ」

「はっ、承知《しょうち》しました」

若宮は通信を切った。無線機の周囲で抗議《こうぎ》する声があがった。ほとんどの者が原の声を聞きたかったらしい。普段は煙《けむ》たくて、わがままで気まぐれで近寄りがたい整備主任だったが、こうして無事を確認してみると無性《むしょう》に恋しくなってくる。

「若宮」

来須の声がした。若宮が振り向くと、来須が隊長を従えてやってきていた。

「原さんと連絡が取れた。整備テントを奪回せねばならん」若宮は精悍《せいかん》に笑った。

「わかっている。今、その話をしていたところだ」

来須が隊長を目顔《めがお》で示すと、彼女は顔を赤らめ、あとずさった。

「こら、なんて態度だ。来須、おまえ、この人をこわがらせたんじゃなかろうな?」

女性崇拝主義者《すうはいしゅぎ》の若宮は、半ば本気、半ば冗談で来須に言った。

「……あの、大丈夫ですから。来須さんにはいろいろとお世話になって」

隊長が取りなすように言うと、若宮は本当だなというように来須を見た。来須はむっつりと黙りこんでいる。

「ならばよいのですが。ああ、失礼しました。5121小隊の若宮であります」

若宮が敬礼をすると、隊長もこわごわと敬礼を返した。こわいといえば、四本腕の重ウォードレスを着こんだ若宮の方がこわい。隊長の前の隊は女子だけで編制《へんせい》されていた。若宮のようなこわもてには気後《きおく》れがしてしまう。

「島村です」

「なにかと大変でしょうが、ご協力よろしくお願いします」若宮がやさしげに微笑みかけると、島村はおずおずと微笑み返した。

それまで話を聞いていた田代が三人の中に割りこんだ。

「よっしゃ、決まったな！　整備テントの敵をやっちまおうぜ！」

サブマシンガンをかざして盛り上がる田代を、来須は無表情に見やった。

田代は気まずげにマシンガンを下ろした。

「……ああ、ちょっとはしゃぎ過ぎたな。悪《わり》ィ」

どうも田代は来須が苦手だ。戦士としての格が全然違うことを田代は気づいていた。

来須は冷徹《れいてつ》な狩猟者だ。戦闘の最中にも冷静さを失わず、確実に敵をしとめる。

どの部隊にもこうした人間が必ずいて、年齢や階級に関係なく他の兵を引っ張るものだ。こいつについてゆけば生き残れる——そう思わせるオーラを発している。来須はそんな兵の中でもとびきりの存在だ、と田代は思っている。

「来須、こいつを連れてゆくのか？　俺は反対だぞ」

謝る田代を横目に若宮が口を開いた。

「待てよ。なんなんだよ、それ！　俺をなめるんじゃねえぞ」

田代が詰め寄ると、若宮は射《い》るような視線で応じた。普段《ふだん》の若宮とは目の光が違う。

「くそ……」

若宮に気圧《けお》され、下を向いてしまう自分が田代は悔しかった。

「おまえは素人だ。足手まといなんだよ」

若宮も戦士としてはプロだ。命令さえあればどんなことでもしてのけるこわさを持っている。

しかし田代にも意地があった。

皆を守りたい。皆の役に立ちたい。隊のやつらのためなら俺は命を張れる。田代は拳《こぶし》を握り締めた。視線を感じた。顔を上げると、来須が自分を見つめていた。

「俺も行くよ」田代は訴えるような目で言った。

「……いいだろう」来須はぼそりと応じた。

「おい、俺は田代の身を案じて言ってるんだ」

「……連れていく」

来須が再度言うと、若宮はかぶりを振って黙りこんだ。来須は微かにうなずくと、島村に向き直った。

「俺達はテント裏から攻撃をかける。おまえ達は照準を塹壕とテント入り口を結ぶエリアに合わせろ。あとは敵を見つけしだい、引き金を引くだけでいい」

「わかりました」

島村は来須を見上げた。

「不安か？」

穏やかな声だった。来須の口許がほころんでいる。島村は顔を赤らめた。

「いえ……だけど、すぐに帰ってきてくださいね」

来須、若宮、田代の三人は整備テント裏に向かった。可憐《かれん》の若宮が同行しているので、匍匐《ほふく》といった器用なことはできない。ただ塹壕陣地の後方に散在《さんざい》する並木に隠れ、あたりを警戒しながら整備テント裏にまわった。

ハンマーで鉄骨《てっこつ》をたたき割っているような派手な物音が聞こえる。

「田代」

来須にうながされ、田代はテントの破れ目に忍び寄ると、中の様子をうかがった。

（胸が悪くなる光景だぜ）

田代の目に、三十体以上の小型幻獣の群れが映った。

テント内では書類が乱舞《らんぶ》し、ゴブリンやゴブリンリーダーがトマホークを手に目につくものを片《かた》っ端《ぱし》から壊していた。ヒトウバンの群れが士魂号に取りつき、しきりに牙《きば》を突き立てているが、機体はびくともしない。

「小型幻獣ばかりだ。三十体はいるな。踏みこんで一斉に射撃すれば半分は確実にやれる」

元の位置に戻って田代がささやくと、来須と若宮はうなずいた。

「問題はそのあとだ。敵は整備テントにこだわっている。やつらがあきらめるまで増援を撃退せねばならん」

若宮が言うと、田代はふっと笑った。

「とにかくぶっ放《ぱな》せばいいってことだな。それなら得意中の得意さ」

素人もへったくれもないじゃないか、と思いながら田代は言った。

数秒後、三人は行動を起こした。若宮が強引《ごういん》にテント内に押し入ると、四丁の七・七㎜機銃を掃射した。これに来須、田代が続く。射界《しゃかい》に入った敵は一瞬のうちに全滅した。しかし次の瞬間には複数の方向からおびただしいトマホークが飛んできた。

射界外の敵はすばやく散開《さんかい》し、不意の侵入者に応戦をはじめた。

敵は整備テントの二階部分からこちらを見下ろし、積み上げられた部品類の陰に隠れ、士魂号の脚部を盾《たて》として抵抗を続けた。テント内の敵はすべて殺さねばならなかった。

田代はサブマシンガンを手に、物陰を探った。

不意に来須が突進してきた。声をあげるまもなく田代は突き飛ばされ、その横をトマホークがかすめ過ぎていった。田代の目に、ゴブリンリーダーの背後にまわった来須が見えた。背にカトラスを深々と突き立て、いっきに斬《き》り下ろした。

この間、わずかに二、三秒。あらためて見る来須の白兵戦《はくへい》の手並みに田代は青ざめた。

「す、凄いな……」

田代だって白兵戦にはそこそこ自信があった。が、来須の動きは速く、一瞬《いっしゅん》の無駄《むだ》もなく、機械のように精確《せいかく》だった。自分だったらせいぜい一動作で終わっていたろう。

若宮が冷やかすように笑った。

「だから素人だっていうんだ。歩兵はつまるところあれだぞ。そんなことも知らんのか？」

　歩兵の最後の武器はおのれの肉体だ。若宮はそう言っている。

「ちっ、えらそうに。じゃあおまえはどうなんだよ」

「俺だってこのど派手なウォードレスを着ていなかったらやるさ。もっともこいつならカトラスは必要ないがな」

　若宮は呵々と笑うと、可憐の四本の腕を動かしてみせた。


　整備テントの方角から機銃音が聞こえた。

　銃声を聞きつけたか5121小隊の陣地から多数の幻獣が姿を現し、一斉にテントに向かう。

「それでは……はじめてください」

　島村の合図《あいず》で、小隊員、そして整備班の面々は一斉に引き金を絞った。リタイアし、休んでいる岩田に代わって小隊機銃の射撃手となった中村は、跳ね踊る弾帯に顔をしかめた。

「遠坂、なんばしよっと？　さっさと給弾、手伝わんね」

　振り返ると、遠坂は携帯電話を手になにやら話していた。「圭吾です。実は少々助けていただきたいことがありまして……」遠坂はオットリと話しこんでいる。

「わかったよ。僕が手伝えばいいんだろ！　僕にはふさわしくない作業だが」

　ぶつぶつと言いながら、茜が配置についた。

「姉ちゃんの面倒、見らんでもよかと？」

「あいつだったら心配ない。ほら、あんなところで遊んでる。今に味方を撃つよ」

心配あるだろ？　中村はちらと後ろを振り返った。森は拳銃を手に、しきりに首をひねっている。スライドを引かなければ撃てないことを知らないのだ。中村はぞっとして傍らで射撃している加藤に頼んだ。

「頼むから森から拳銃ば取りあぐっと！」

「了解っと……」

加藤は駆け寄ると、森をしきりになだめはじめた。森は拳銃を握り締めたまま離さない。

「あかん。わたしも戦う、言うとるわ」

「……なら、人の後ろで撃つな。さっさとこっちへ来いって言ってくれ」

「すみません、気がつかなくて」

ほどなく森は茜の隣に詰めた。茜は居心地《いごこち》悪そうに身じろぎした。

「邪魔だ。そんなに身体をくっつけるな」

「狭いんだからしょうがないでしょ。それで中村君、わたしはなにをすればいい？」

「拳銃ば俺に渡さんね。森は給弾ば手伝って。茜は三脚を押さえてくれ」

「はいはい」

森は慣れない手つきで弾帯に手を添えた。不満なのは茜である。どんくさいと思っている姉に仕事を奪われ、自分は「三脚を押さえる係」に格下《かくさ》げである。

「中村、僕は断固《だんこ》として抗議する。どうして姉さんが給弾手で、僕が、その……ロクに名もない仕事なんだ？　普通は逆だろ」

「仕事があるだけありがたく思わなきゃだめよ」

　森が澄ました顔で言うと、茜はますます不平顔になった。

「くそっ、こんな仕事、僕には似合わない。恨《うら》んでやる、恨んでやる」

　わずかなエリアに射撃を集中され、整備テントに向かう敵は立ち往生《おうじょう》し、ばたばたと倒れた。整備テントからも断続《だんぞく》的に射撃音が聞こえる。敵を掃討《そうとう》しているのだろう。

「すみません、話が長くなってしまって。スナイパーライフルを送って欲しいと執事《しつじ》に頼んだのですが、宅配便《たくはいびん》が今日は休みだそうで。ああ、森さん、お怪我の具合は？」

　遠坂がにこやかに笑いながら近づいてきた。

「挨拶をしとる場合じゃなか。さっさと銃ばぶっ放さんね！」と中村。

「それは構いませんが、一般用のライフルはどうも照準に問題があって。わたしは好きになれませんね」

　と言いながらも、遠坂はライフルを構え、連射した。三体のゴブリンがいずれも頭部を撃ち抜かれて倒れた。「うん、やはりしっくりこないな」遠坂は眉をひそめた。

「新手ですっ！」

田辺が駆け寄って、敵の方向を示した。この方角からの銃声に刺激《しげき》されたか、陣地をめざし、数列の横隊《おうたい》を組んで迫ってくる。これまでの数倍の数だった。

「ミノタウロスが見えます」

田辺の声が震えた。戦車随伴歩兵にとっては難敵《なんてき》中の難敵である。九四式機銃では十秒以上は射撃を集中しなければ傷を与えることはできない。支援射撃がなければその間に機銃は他の幻獣に潰されてしまう。

「中村君、どうする？」

森がおろおろして尋ねた。中村は深々とため息をついた。来須達が留守《るす》の今、頼られているのはわかっているが、やることは決まっている。

「むろん応戦《おうせん》するたい。おっつけ来須らが助けに来るだろ」

「な、なんだか凄いですね……」

新井木は幻獣の横隊を眺めて震え声をあげた。ところどころにミノタウロスの姿が見え、わきを小型幻獣が固めている。

「そうね、相手も本気を出したって感じね。新井木さん、今なら陣地に駆けこめるわよ。ここはいいから走ってみたら？」

原に言われて、新井木の顔がこわばった。敵はその陣地に向かっているのに。原さんって僕

「のこと嫌いなのかな？」

「いえ、僕は原さんの側がいいです。最後までお供《とも》します」

「わたしについてくると地獄《じごく》を見るわよ、なんちゃって」

原の下手な冗談に、新井木は無理して笑顔をつくった。通信が入って善行の声が聞こえた。

「あと五分ほどでそちらに到着します。一、二番機小破、三番機も軽い損傷を受けています。スタンバイよろしく」

「整備班はまたしても戦闘中。今度は派手なことになりそうね。とっとと助けに来て」

「この銃声はもしかして……」

「整備テントは奪回したんだけど、敵の関心を引きつけちゃったらしくて。敵はミノタウロスも混じった豪華キャスト。このままでは全滅よ。急いで——！」

低いが、切羽《せっぱ》詰まった原の声に、新井木はびくっとした。戦闘を傍観《ぼうかん》しているようで、頭の中は整備のことでいっぱいに違いない。原までもが慣れぬ戦闘の当事者《とうじしゃ》になってしまったら、士魂号が到着したあと、冷静に指示を下す者がいなくなる。

新井木にはそこまで考える洞察力《どうさつりょく》はなかったが、原が苛立ちや焦《あせ》りを必死に抑えていることだけはわかった。

「僕、整備テントの様子、見てきましょうか？」

新井木は言ってから、しまったと思った。が、原はにっこり笑って新井木の肩をたたいた。

「ピンポン。正解。わたしが言おうとしたこと、わかったのね。新井木さん、整備テントの損害状況を報告してね」

新井木は身長に不釣り合いに長いライフルを抱え、整備テントに走りこんだ。銃声《じゅうせい》は止んでいるから安全なはず、と言い聞かせながらも薄暗《うすぐら》いテント内をおっかなびっくり見まわした。

士魂号は無事だった。しかし、その他は惨憺《さんたん》たるありさまだった。床には書類や部品類の破片《はへん》らしきものが散乱し、端末《たんまつ》をはじめ電子機器はすべて破壊されている。

これで整備ができるのか、新井木は首を傾げた。

「そこの小さいの」

巨大な影が立った。恐怖のあまり、新井木はすとんと地面にへたりこんでしまった。

「ぼ、僕はまずいよ。骨ばっかりで肉なんてないしさ」

「おう、新井木か、ゴブリンとまちがえた」

新井木が見上げると、可憐に身を包んだ若宮が笑いかけていた。蟹《かに》の出来損《できそこ》ない、格好悪いぞと新井木は密《ひそ》かに悪態《あくたい》をついた。

「あと二、三分で士魂号が着くの。原さんが整備テント、使えるかどうか見てこいって」

若宮は、うむとうなずいた。

「手作業になるが、なんとかなるだろ」

「えっらそうに。若宮君に整備のこと、わかるの？」

新井木にとって若宮は気安く口がきけるひとりだった。彼氏にするには大いに難ありだが、話をしていて波長《はちょう》が合う、と新井木は思っていた。

「……む、それはわからんが、とりあえず士魂号は守ったぞ。そう伝えてくれ」

新井木は立ち上がろうとして、ぶざまに尻餅をついてしまった。

「なんだ、岩田のギャグか？　おまえもけっこう好きなんだな」

「違う、違う！　若宮君が脅《おど》かすから腰を抜かしちゃったんだよ。責任取って結婚して」

「む……？　そんなことを急に言われても……」

若宮が目をむくと、新井木は舌を出した。

「嘘だよー。若宮君ってもしかしてお馬鹿？　わたしを抱えて補給車まで連れていってよ」

手を伸ばした拍子《ひょうし》に新井木のアタッチメントからぽとりと手帳が落ちた。若宮は何気なく拾って、顔をしかめた。「若宮→原……憧れている。けど美女と野獣《やじゅう》」だと？「原→若宮……なんとも思っていない。恋愛確率、むりむり、当然ゼロ」だと？

「これはなんだ？」

「あっ、見ちゃだめ！　大切な日記帳なの」

「むむ、日記とはこういうものか？　女性週刊誌じゃあるまいに」

「そんなの表現の自由だもんね。若宮君も日記つけてみたら？　人生が豊かになるよ」

「……豊かになあ」

若宮に抱えられ、新井木は補給車に戻った。

「士魂号は無事です。けど、他はめちゃくちゃ」

「ごくろうさま。若宮君、整備テントを取り戻してくれたのね。ありがとう」

原に言葉をかけられ、若宮の顔が真っ赤になった。

「いえ、自分ひとりの力じゃありません。今は陣地に戻っていますが、来須や田代も一緒でありました」

「そう……あとでお礼を言わなきゃね。整備テントに移動します。若宮君、エスコートしてくれる？」

「はっ！　原主任のために尽くさせていただきますっ！」

若宮は器用に上腕《じょうわん》を動かして敬礼した。自分の時とは態度が全然違う。やっぱり蟹の出来損ないだ、と新井木は思った。

敵は本腰《ほんごし》を入れて陣地を潰すつもりらしい。

生体ミサイルの直撃を受け、四〇㎜高射機関砲の砲座《ほうざ》が兵ごと吹き飛ばされた。

焼けつくような熱風を頬に感じ、加藤祭はその場に伏せた。目の前を血にまみれた腕が転がってゆく。加藤は喉にこみ上げるものを感じ、口を押さえた。と、彼女の機先《きせん》を制するように悲鳴《ひめい》があがった。島村隊長が吐き気を堪えて突っ伏している。

加藤は隊長の側に駆け寄った。この「隊長さん」の頼りなさは喜劇的《きげき》ですらあった。

「しっかりしなはれ。あと少しの辛抱《しんぼう》ですよ」

ハンカチを差し出すと、隊長は「すみません」と言って受け取った。

「こわいのは皆同じや。わたしだって」

言いかけた時、遠坂が呼ぶ声がした。

「加藤さん、ライフルの弾倉、どこにしまってありましたっけ？」

「おおい、加藤。弾薬がそろそろなくなりかけとるけん。どっかで調達よかね？」

今度は中村が呼ぶ声。

「あの、ごめんなさい、加藤さん。岩田君が復活しちゃって……」

「加藤っ、なにか飲むもんねえか？　喉が渇いてしょうがねえんだ」

わたしは便利屋じゃないよ、と叫び返そうとした時、整備班の面々の姿が目に入った。

森は半泣きになって給弾手を務めていた。麻酔が切れかかっているらしい。茜は相変わらずプライドを傷つけられた顔で「名もなき仕事」を務めていた。中村はといえば、血走った目で機銃の引き金を引き続けている。

遠坂は銃座《じゅうざ》にもたれ、相変《あいか》わらず首を傾げながら悠然《ゆうぜん》と敵を狙撃していた。いつのまにか田辺は塹壕に身を潜めて、甲斐甲斐《かいがい》しく遠坂に替えの弾倉を渡す係になっていた。

田代は「死ね、死ね、死ねっ！」と叫びながらマシンガンを連射していた。アドレナリン過《か》多《た》か、塹壕から身を乗り出そうとしてヨーコに羽交《はが》い締《じ》めされ、引きずり戻されている。

来須は、レーザーライフルで確実に中型幻獣を倒していた。

一度はリタイアした岩田は、復活して不満げにライフルを撃ち続けていた。「これじゃビリビリくる感じがナッシング。中村、わたしと銃手代わってください」と、中村の隣でしきりにささやいていた。

爆発。湿りけを含んだ土砂《どしゃ》が頭上から降りかかる。

ふと他の一画に視線を移すと、何人もの兵が横たわっていた。中には半身を吹き飛ばされ、内臓を露出《ろしゅつ》した死体もあった。

加藤は激しくかぶりを振って、目に焼きついた光景を振り払おうとした。

こんなん嫌や。全員玉砕《ぎょくさい》なんてしゃれにもならへん。

無線機が鳴った。耳を澄ますと、原の声が聞こえてきた。

「誰かいる？　お願いだから返事をして」

「加藤です。原さん……！」

言葉が継《つ》げずに、加藤は嗚咽を洩らした。

「涙を拭いて、加藤さん。これまであなたとはあまり話したことはなかったけど、あなたは本当によくやってるわ。見直した。あと少しの辛抱《しんぼう》だから、頑張って」

「けど、けど……」

「深呼吸して。一分間だけ、声を出して時間を数えて。騙されたと思ってやってみて」

これまでに聞いた中で原の声は一番やさしかった。

加藤は通信を切ると、銃座に戻りライフルを構え、引き金を引いた。そして大声を張りあげ数を数えはじめた。

「五十五、五十四……」

祈りにも似た気持ちだった。一分間だけ。一分経てばきっとなにかが起きる。そう信じ無心《むしん》に数を数えた。不思議なことに、数えるうちに心が鎮《しず》まってきた。

「ばっ……！」

中村が両手で顔を覆《おお》って倒れた。「目が、目が……」ぎょっとして駆け寄る森に、

「目に砂《すな》が入ったばい。目薬《めぐすり》持っとるやつ、おらんかね」

と情けない声を出した。

「フフフ、中村は引っこんでなさい。主役はわたしです！」

銃手に返り咲いた岩田がリズムを取りながら射撃を再開した。

「二十、十九、十八、十七」

整備テントを奪回してから二十分あまりが経っていた。

それまで沈黙していた陣地のひとつが、補給を受け準備が整ったか、側面から独立混成小隊の陣地前面に迫る敵に攻撃を開始した。ロケットポッドから発射された小型ミサイルが風切り

音を響かせ、幻獣のまった中で次々と爆発した。

そして、聞き覚えのある射撃音。どん、どんと腹に響くような懐かしい音が聞こえた。

「五、四、三、二……士魂号や！」

加藤が指差すと、全員の目が一斉にその方角に注がれた。戦国の鎧武者《よろいむしゃ》を思わせる壬生屋の一番機が、大太刀《おおたち》をきらめかせ、ミノタウロスに突進した。

二番機、三番機がジャイアントアサルトで小型幻獣をなぎ倒してゆく。その間隙《かんげき》を縫って、戦闘指揮車が整備テントへと突き進んでゆく。

側面《そくめん》からの強力な攻撃に、敵の戦意は萎《な》え、幻獣は背を向けると一斉に退却《たいきゃく》をはじめた。

「整備班はテントに向かえ。ここは俺達が引き受ける」

来須の言葉に、整備班の面々は弾かれたように塹壕を飛び出し、競走するように整備テントへと走り去った。

「あら……？　俺達って、わたしと来須さん、だけ？」

「……寂しいか」

加藤は唖然として来須を見つめた。これってもしかして冗談のつもり？　堪えようとしたが堪えきれず、加藤は吹き出してしまった。一度、たががはずれると笑いが止まらなくなった。がらんとした塹壕で加藤はしばらく笑い続けた。

損傷を被《こうむ》った二番機の前で原がせわしなく指示を下している。

「脚部じん帯、急いで持ってきて。移植《いしょく》終了後《しゅうりょうご》、たんぱく燃料注入《ねんりょうちゅうにゅう》に移ります。新井木さんと田辺さんは装備一式の点検《てんけん》と装着《そうちゃく》よろしく!」

原は自らレーザーメスを手にして、破壊された人工筋肉《じんこうきんにく》を切除《せつじょ》していた。切除部分から士魂号の血液とも言うべきたんぱく燃料が噴き出し顔にかかるが、原は顔色ひとつ変えずに「手術」に熱中していた。

「なにかしら?」

原は器用にレーザーメスを操《あやつ》りながら後ろに立った人物に尋ねた。集中した表情と裏腹に声は穏やかだ。

「いえ、仕事の邪魔をしては……」

行き過ぎようとする相手を引き留めるように原は言葉を発した。

「すぐに済むから」

遠坂からじん帯のスペアを受け取ると、原はすばやく縫合《ほうごう》した。たんぱく燃料が注入され、原は満足そうに「これでよし」と言った。

「あとは遠坂君、お願いね」

原はレーザーメスを専用のアタッシェケースに納めると振り返った。

善行が照れくさげに微笑んでいた。張りつめていた原の表情が一瞬、崩れた。が、自らを励ますようにかぶりを振ると、善行に微笑み返した。

「遅刻よ、大遅刻。埋め合わせは高くつくわよ」

「面目《めんぼく》ありません。無遅刻無欠勤《けっきん》がわたしのただひとつの自慢《じまん》だったのですが。それにしてもなんだか病院ドラマの名医《めいい》みたいですね。鮮《あざ》やかなお手並みです」

「やあねえ、今のはよくやる修理。二足歩行の人型戦車は脚部が致命的《ちめいてき》に弱いの。そうね、一番機なんかもう四、五回はじん帯、腱《けん》を総取っ替えしているわね。機体が重い割には、壬生屋さんよく動きまわるから。ところでなんの用？　ごめんなさいね、忙しくなっちゃって」

「用というわけでは。ただ……」

「あ、わかった！　わたしは君のような美人で聡明《そうめい》な整備主任を持てて幸せです、どうかこれからもよろしく——それが言いたかったんでしょ？」

「まあ、そういうこと……」

「ついては、この戦いが終わったら、君をデートに誘いたい、と。そうねえ、スケジュールが許す限り前向きに検討《けんとう》させてもらうわ」

「ええ、と……」

「オペラを観《み》たあと、フレンチかイタリアン。それが無理なら公園で一緒にお弁当食べましょ」

ずいぶんと落差《らくさ》がある——。善行は苦笑して、その中間くらいでと言おうとすると、森の声にさえぎられた。

「原先輩、三番機、右人差し指損傷してます。応急処置《おうきゅうしょち》をしますか、それとも手首ごと総取っ替えしますか？」

「判断つかないの？」

「はい、ちょっと微妙《びみょう》な傷なんで」

まったく気がきかないんだから。皮肉《ひにく》のひとつでも言ってやろうと思ったが、怪我している身にも拘《かか》わらず脚立《きゃたつ》に登って熱心に作業をしている森の顔は真剣そのものだった。原は、ため息をつくと、「すぐに行くわ」と言った。

原はじゃあねと言うと、善行に背を向け走り去った。

振り返ると、まだ善行がぼんやりと突っ立っている。

しょうがないわねと思いながら、原はにっこり笑って手を振ってあげた。善行の狼狽《うろた》える様子が面白くて、原は声をあげて笑った。

原日記IV

今、陣地の中で日記を書いている。

戦いはまだ続くけど、余裕があるうちに記録に残しておきたかった。整備班のみんな、本当によくやったね！　わたしはずっと見ていた。誰ひとり逃げようとせずに、目の前の運命と戦った。心がひとつになった。

……などと、つい誉めすぎてしまった。

すぐ近くにテレビ局のクルーが来ているって、新井木が教えてくれた。それはそうよね。これだけの戦いが行われているんだもの、きっと二十世紀の記録とか何とか銘打たれてドキュメンタリー映像が残るはず。

ここからも見える。あれって全国ネットじゃない？

……あの女性キャスター、気に入らない。どうして善行さんにマイクを向けるの？　「任務ですから」なんてくそまじめな答えしか返ってこないのに。化粧は濃いし、スタイルは悪いし、妙に馴れ馴れしいし。あの程度のレベルでよくキャスターが務まるものだ。

善行さんも善行さんだ。テレビ映えしないって自覚しなさいよね。薄ぼんやりした顔をして何をぼそぼそしゃべってるのよ。

あっ！　速水君に芝村さんに壬生屋さんが並んで映してもらっている！　確かにパイロットは主役だけど、まじめなドキュメンタリーを作ろうとしているなら、陽の当たらない部署こそ映すべきではないか？　新井木……中村、岩田……あのねえ、後ろでピースサインするのは恥ずかしいからやめなさい！　えっ？　どうして森がマイクを向けられるの？　まあ負傷しているから痛々しいところが絵になるんだろうけど、はっきり言って今のあなたには荷が重い。後で自分のテレビ映りの悪さを確認して、死ぬほど後悔することね。テレビは太って見えるんだからね。

……だからぁ、ピースサインはやめなさいって。それにしてもどうしてわたしのところに来ないんだろう。わたしを主役に据えれば、一時間は飽きさせない……あれ？　……だめよ。やめなさい森。わたしを指さすのはやめなさい。あっ、不細工なキャスターが近づいてくる。

どうしよう？　こんなことなら化粧道具を持ってくるんだった。

それにしても……善行の馬鹿。

皆様、またまたまた こんにちは。
きむらじゅんこです。
今回もさし絵をかかせてもらいました。

いつもながら、このスペースをうめるのに
絵以上の時間がかかっております。
そしていつものことながら

内容ない……。

どうしよう どうしよう
どうしよっかなァ〜…（数十分経過）

（じつは…）←ネタがあったらしい
ガンパレをプレイされてる方のサイトとか時々見たりするのですが…
プレイ日記というんですか、初回でも
けっこうBとかAとか出して
らっしゃる方がいてすごいなあと
思ってました。
何故かというと私
初回 Dランクだったん
でェ〜〜〜ス!!
もうね、我ながら
ダメすぎ
とか思って…次やって…
中村でやって…
原を恋人にして…
刺されました…
Sなんてすごい技…みんなスゴイ!!

制服に…
ガンパレでは
何というか激動…今回の
コウウツ大賞はダイエーホークス…か？秋山さぁん!!!
と、最後に脱線をかましたところでスペースも上手くなくなりました（ぇ…）
それでは
さいごに…
ガンパレード・マーチアニメ化
本当におめでとう!!
きむらじゅんこの憂鬱 III
キャラクター・デザイナーにして挿し絵画家!

高機動幻想
ガンパレード・マーチ

機種●	プレイステーション用ソフト
メーカー●	ソニー・コンピュータエンタテインメント
ジャンル●	GAME
定価●	5,800円(税抜)
発売日●	2000年9月28日発売

アクション、アドベンチャー、シミュレーション……。ジャンル表記がままならないほど、ゲームのあらゆる面白さを、すべて盛りこんでしまった作品。舞台となるのは異世界から来た幻獣との戦いが激化する日本。プレイヤーは少年兵として軍の訓練校に入学し、パイロットとして腕を磨いていく。ゲームの進行はリアルタイム。学園生活で恋愛するもよし、必死で勉強するもよし、戦闘に明け暮れるもよし。自由度の高いシステムの中で、自分なり楽しみ方を見つけよう！

◉榊 涼介著作リスト

「偽書信長伝 秋葉原の野望 巻の上・下」（角川スニーカー文庫）
「偽書幕末伝 秋葉原竜馬がゆく(一)～(三)」（電撃文庫）
「アウロスの傭兵 少女レトの戦い」（同）
「疾風の剣 セント・クレイモア 傭兵レト――新たなる旅立ち」（同）
「疾風の剣 セント・クレイモア② 剣士レト――心の旅」（同）
「疾風の剣 セント・クレイモア③ 傭兵街の伝説」（同）
「忍者 風切り一平太 刺客・妖霊星」（同）
「忍者 風切り一平太② 花の桔梗組！」（同）
「忍者 風切り一平太③ 抜け忍・沖ノ石つばめ」（同）
「忍者 風切り一平太④ 小漣、都へのぼる」（同）
「鄭問之三國誌〈一〉～〈三〉」（メディアワークス刊）
「神来―カムライ―」（電撃ゲーム文庫）
「7BLADES 地獄極楽丸と鉄砲お百合」（同）
「ガンパレード・マーチ 5121小隊の日常」（同）

本書に対するご意見、ご感想をお寄せください。

■

あて先

〒101-8305 東京都千代田区神田駿河台1-8 東京YWCA会館
メディアワークス電撃ゲーム文庫編集部
「榊 涼介先生」係
「きむらじゅんこ先生」係

■

電撃文庫

ガンパレード・マーチ
5121小隊《しょうたい》 決戦前夜《けっせんぜんや》

榊《さかき》 涼介《りょうすけ》

発行 二〇〇二年十月二十五日 初版発行

発行者 佐藤辰男

発行所 株式会社メディアワークス
〒一〇一-八三〇五 東京都千代田区神田駿河台一-八
東京YWCA会館
電話〇三-五二八一-五二〇八(編集)

発売元 株式会社角川書店
〒一〇二-八一七七 東京都千代田区富士見二-十三-三
電話〇三-三二三八-八六〇五(営業)

装丁者 荻窪裕司(META+MANIERA)

印刷・製本 あかつきBP株式会社

落丁・乱丁本はお取り替えいたします。

定価はカバーに表示してあります。

日本音楽著作権協会(出)許諾第0211608-201号

Printed in Japan

ISBN4-8402-2199-5 C0193

電撃文庫創刊に際して

文庫は、我が国にとどまらず、世界の書籍の流れのなかで〝小さな巨人〟としての地位を築いてきた。古今東西の名著を、廉価で手に入りやすい形で提供してきたからこそ、人は文庫を自分の師として、また青春の想い出として、語りついできたのである。

その源を、文化的にはドイツのレクラム文庫に求めるにせよ、規模の上でイギリスのペンギンブックスに求めるにせよ、いま文庫は知識人の層の多様化に従って、ますますその意義を大きくしていると言ってよい。

文庫出版の意味するものは、激動の現代のみならず将来にわたって、大きくなることはあっても、小さくなることはないだろう。

「電撃文庫」は、そのように多様化した対象に応え、歴史に耐えうる作品を収録するのはもちろん、新しい世紀を迎えるにあたって、既成の枠をこえる新鮮で強烈なアイ・オープナーたりたい。

その特異さ故に、この存在は、かつて文庫がはじめて出版世界に登場したときと、同じ戸惑いを読書人に与えるかもしれない。

しかし、〈Changing Time, Changing Publishing〉時代は変わって、出版も変わる。時を重ねるなかで、精神の糧として、心の一隅を占めるものとして、次なる文化の担い手の若者たちに確かな評価を得られると信じて、ここに「電撃文庫」を出版する。

1993年6月10日
角川歴彦

電撃ゲーム文庫

バイオハザード小説大賞
大賞受賞作品

BIOHAZARD®
to the Liberty

木村睡蓮
イラスト／ハシモトヒロアキ

発行◎メディアワークス

電撃ゲーム文

咲き誇る追憶の薔薇

BIOHAZARD®

ローズ・ブランク

バイオハザード小説大賞 金賞受賞作品

愛沢 匡

イラスト／槻城ゆう子

発行◎メディアワークス

電撃ゲーム文庫

高機動幻想
ガンパレード・マーチ
著：広崎悠意　イラスト：きむらじゅんこ（アルファ・システム）
ガンパレ小説第1弾も絶賛発売中！

発行◎メディアワークス